俳句とはどんなものか

高浜虚子

角川文庫
16888

この小講義は雑誌ホトトギス紙上（大正二年五月号以下）に「六ケ月間俳句講義」として連載したものであります。一篇の主旨が俳句とはどんなものか、ということを説明するにあるのでありますから、今一小冊子にまとめるに当たって、その通りに標題を改めました。

目次

緒言

近頃初めて俳句を作ろうと思うのだがどういうふうに作ったらよかろうか、とか、これから俳句に指を染めてみたいと思うのだがどんなふうに学んだらよいのか、とか、その他これに類した質問を受けることが多うございます。ことに、ずっと程度を低くした小学生に教えるくらいの程度の俳話をしてもらいたいというような注文をなさる方があります。この俳句講義は今度それらの要求に応ぜんがために思い立ったものであります。

第一章　総　論

この章ではまだ俳句というものを少しも知らぬ人のために、概念だけを与えるのを目的としてのべます。元来この講義は初心の人に俳句の概念を与えるのを目的とするのではありますが、この総論においてはさらにそれを小規模にして、手っとり早く、俳句というものに多少の親しみをつけるだけのことを目的とします。それゆえ同じく初心というううちでも一、二冊俳書を読んだことがあるとか、二、三句作ってみたことがあるとかいう人にはあまりわかりきったお話になるかもしれないのであります。それらの人は第二章から読んで下さってよいのであります。

それゆえこの一章を読んでから、今まではまったく没交渉であった俳句というものにどこやら一つの暖かみを覚えるようになったとお感じになるならば、それだけでもう十分この章の目的は達せられたことになるのであります。いよいよ諸君が俳句を作られるための手引としては第二章以下にのべることにいたします。

さて俳句（発句）というものはどんなものでしょう。

それについて私はまず自分がまったく俳句というものを知らなかった幼い時の記憶を呼び起さなければなりません。私の父や母は好んで三十一文字を並べておりました。父の写本には歌の本が多うございました。未生以前から耳に慣らされていた謡曲の中にも歌はたくさん織りこまれていました。母が私にして聞かすお伽噺《しぎばなし》の中にも歌はよく引合にでました。そのうちには七つ八つの子供が歌を読み合って問答するような話もありました。

それは一人の子供が日暮になってほかの子供を誘いに行くと、もうその戸が締まっていて開かない。そこで「とんとんと叩《たた》く妻戸を開けもせず……」という歌を読んでなじると、中の子供はまた「……母の添乳《そえぢ》に……」どうとかこうとかいう歌を読んで返報をするというような話でありました。

そんなわけで和歌は生まれ落ちてから私にとって親しいものでありましたが、発句については十三、四ごろまでただ一言の話を聞いたこともありませんでした。初めて聞いた俳人の名は加賀《かが》の千代《ちよ》という名前でその句は、

朝顔に釣瓶取られて貰ひ水

という句でありました。これも母から聞いたかと記憶していますが、母はこの句を優しい句だといって激賞したように覚えています。そののち近所の友人のうちで私が歌を作ろうというと友人は発句を作ろうと主張しました。その時友人のお母さんも発句を作るといって思案するような顔をしていられましたが、やがてこういう句を示されました。

朝顔の蕾は坊のチンチ哉

この句を聞かされた時私は馬鹿にされたような気持がして、その友人のお母さんの不真面目なのが癪《しゃく》にさわりました。と同時に、「いくら発句は品の悪いものでもまさかそんなものではあるまい」とその句を軽蔑《けいべつ》しました。それからまた二、三年たって他のある友人のうちで其角《きかく》という俳諧《はいかい》師の名前を聞かされたことがありました。その人から、

我ものと思へば軽し傘の雪　其角

というのが名句だとして紹介され、私もまた興味ある句としてそれを受け取ったことを記憶しています。

もしその頃の私に向かって、俳句とはどんなものか、というような疑問を提出する人がありましたら私は何と答えましたでしょう。

俳句とは、朝顔に釣瓶取られて貰ひ水、我ものと思へば軽し傘の雪というようなものであります。（1）

とそう答えるよりほかにしかたがなかったろうと思います。また俳人はと問われましたら、

加賀の千代、其角の二人（2）

と答える以外に何の知識も持たなかったであろうと思います。が、もしその質問者が俳句は何字あればよろしいのですか、と聞いたら私は何と答えましたでしょう。かの近所の友人や友人のお母さんと初めて俳句というものを作ったときにも、私は指を折って十七字にすることだけは忘れなかったのですから、私は即座に、

十七字です。（3）

と答えるであろうと思います。

以上の答えのうち、（1）も（2）も不完全な答えでありますが（3）だけは俳句の存在する限り動かすことのできない明確な正当な答えであります。

一　俳句は十七字の文学であります

私は十七、八歳のころはじめて俳句というものを学んでみる気になったのでありました。それはほかでもありません、一に子規居士《しきこじ》の刺激を受けたがためであります。が、そのときですらなお和歌と俳句とを較《くら》べますと堂上人《どうじょうびと》と町人のような区別があって和歌は優にやさしきもの、俳句は下卑《げび》た賤《いや》しきものとそう考えておりました。それで俳句を学ぶというのも別に俳句を尊敬してというのではなく、私の想像する新文学——そのころの新文学というと申すまでもなく尾崎紅葉《おざきこうよう》、幸田露伴《こうだろはん》の崛起《くっき》した時代で、二氏を始め美妙《びみょう》、鷗外《おうがい》、村上浪六《なみろく》等の文学をいうのであります——に追随するためにはまず西鶴を学ぶ必要があり、西鶴を学ぶためにはぜひとも俳句を学んでおく必要があるという説に従ったのに過ぎないのでありました。

が、その後子規居士から若干の俳書を借りて読んでみたり、俳句の歴史を聞き齧《かじ》ったりしてみますと、俳句とはどんなものか、という質問に対する私の答えは少しずつ変化を起こしてこねばならぬことになったのであります。すなわち俳句というものは、朝顔に釣瓶取られて、という句や、我ものと思へば軽し、というような句のほかになおいろいろの句のあることを明らかにしたのであります。まずその一例を挙げてみますと、

鶏の声も聞こゆる山桜　凡兆
湖の水まさりけり五月《さつき》雨《あめ》　去来
荒海や佐渡に横たふ天の川　芭蕉
舟人にぬかれて乗りし時雨かな　尚白

こんなような句に逢着《ほうちゃく》したのであります。そうしてこれらは「釣瓶取られて」の句や「我ものと」の句などとくらべて大変趣の違うことをその時分の幼い心にも了解することができたのであります。

けれどもそれは決してこれらの句に感心したというのではありませんでした。その時分の心持を振り返ってみますと、俳句とはこんなものだとあらかた決めてかかっていたものが、たちまちまた壊れてしまって、ちょっと捕まえ所がなくなった、というような頼りない心持であったように記憶します。

それは何故かと申しますと、「釣瓶取られて貰ひ水」というような句はよく人情が写してあります。人情と申しましても婦女子にもよく判《わか》るような優し味が現れているのであります。朝起きてみると一夜の間に朝顔の蔓《つる》が延びて釣瓶に巻きついておった、それを離させるのも可哀相だからそのままにしておいて自分の隣の家で貰い水をすると、こういううちに朝顔を愛憐《あいれん》する心持が強く読者の心に響きます。その点が当時この句を天下に有名ならしめたゆえんで、その感傷的なところには極めて強い色が現れております。次にまた「我ものと」の句は人情本の中に引用されたり端唄《はうた》に読みこまれたりしたがために特に有名になったのでしょうが、かく人情本に引用されたり端唄に読みこまれたりするというのが畢竟《ひっきょう》この句の性質によるので、やはり婦女子にも判る、優しみのある人情的なところがその生命になっておるのであります。――其角の原句は、「我雪と思へば軽し傘の上」というのですがそれを後人がかく改作したのであります。改作された句の方が一層通俗的になっています。

ところがそれらの句を見て、俳句とは大方こんなものだ、と見当をつけていたものが、前掲の凡兆《ぼんちょう》以下の句のごときに接するとちょっと面喰《めんく》らわざるを得なかったのであります。何故かというとそれらの句には少しも人情的なところがありません。心をそそるような優し味というものは少しも見出《みいだ》すことができなかったのであります。先代の古今亭今輔《ここんていいますけ》といった落語家は高座にあって「我もの」の端唄を唄う前に、いつも「我ものと思えば軽し傘の雪」と二度ばかり口吟してみて、「どうも俳諧師は優しいうまいことを言ったものでげす」と感服するのが常でありましたが、そういうような優し味を前掲の四句の中からは少しも見出すことができなかったのであります。

そこで俳句とはどんなものか、という質問に対して、にわかに「釣瓶取られて」とか「我ものと」とかいう句を例証に出してこんなものですと答えることができなくなったのであります。

前に挙げた、「俳句は十七字の文学なり」という一項だけは動かすことのできぬ的確な答えでありましたが、しかもそれはただ形式についての答えに過ぎなかったのでありませす。ここにさらに提出した俳句とはどんなものか、という質問に対してはその内容についての答えを要望せねばなりません。

「釣瓶取られて」の句や「我ものと」の句などからは

俳句は優しい人情を歌うものです。（4）

とただちに答え得たかもしれませんが、それが独りこの二句から得た感じだけをもって答えることができないことになると、さらにこれらの句――一例として挙げた前掲の四句――についていま少しく内容を吟味してかからねばならぬことになったのであります。

が、その内容を吟味にかかる前に、私は前に俳人はと問われた場合、加賀の千代、其角の二人ほか答えることができなかったのでありますが、今は、少なくとも、凡兆、去来、芭蕉、尚白《しょうはく》等の名前を挙げ得るのであります。すなわち、

俳人には加賀の千代、其角、凡兆、去来、芭蕉、尚白等があります。（5）

と答え得るようになったのであります。なおこのついでに私は一歩を進めてこういうことを申し上げておきたいと思います。

（5）のようにただ俳人の名前を並べただけでは誰が古くて誰が新しいのか、誰がえらくて誰がえらくないのかそれが判らないのでありますが、その実この中で一番偉い

のは芭蕉でありまして、

芭蕉は真宗でいえば親鸞聖人《しんらんしょうにん》、日蓮《にちれん》宗でいえば日蓮上人（6）

といったように俳句界のお祖師様として尊崇されているところの人で、また実際今日の俳句というものは芭蕉の力で作り上げられたといってもよいのであります。前掲の其角、凡兆、去来、尚白の四人は芭蕉の主な弟子で芭蕉とともにいずれも元禄《げんろく》時代、すなわち今からいうと二百余年前の人であったのでありますが、独り加賀の千代だけはずっと後世で今から百年あまり前の人であります。芭蕉時代にあっては右の四人の弟子のほかにまだたくさんの立派な弟子がおり、その後になっても加賀の千代より少し遅れてまだ立派な俳人がたくさんおるのでありますが、それらの人名をここに臚列《ろれつ》したところで混雑をまねくばかりでありますから、それらは一切後になって項を改めてお話することにいたします。なお右のうち加賀の千代は女の俳人であったということと前言ったような人情的の句を作ったということのために、一時世間に喧伝《けんでん》せられたのでありますが、世間には私同様、もっとも通俗的な千代の句によって初めて俳句というものに接した人も少なくなかろうと思います。

そこで余事はさておきここにはまずこういう断案だけを下しておきましょう。

二　俳句とは芭蕉によって作り上げられた文学であります

さていよいよ俳句の内容の吟味に取りかかってみようと思います。

内容の吟味などというと大分難しいようですが、平たくいえば、俳句にはどんなことが読まれているか、また俳句とはどんなことを読んだらいいものなのかというぐらいのことにすぎないのであります。以上の（一）と（二）とによって俳句は「芭蕉という二百年前の人によって作り上げられた」、「十七字の文学である」ということだけは判りましたが、さてどんなことを詠んだらいいかが判りません。それを前掲の四句から吟味してみようというのであります。

「釣瓶取られて」の句や、「我ものと」の句やは俳句というものをまったく知らない人に話してもすぐ面白味が判りますが、前掲の四句になると多少俳句というものに慣らされた人でないと容易に判らないのであります。独り面白味が判らぬばかりでなく、全体何を言ったのかということさえ判らないかも知れないのであります。現に初めて俳句を学び始めた時分の私はまったくその状態にあったのであります。そこで今日の私がその時分の私に説明して聞かすようなつもりで、まず句の意味から解釈してかかろうと思います。

鶏の声も聞こゆる山桜　凡兆

この句は人里遠い山に花見に行った時の句でありまして——山桜というと桜のある種類の名前だと解釈する人があるかも知れませぬが、俳句で山桜と言いますと、たいがい山にある桜ということになります。——句意はその淋《さび》しい人里離れた山に行って花見をしていると、この辺には人家がないと考えていたにかかわらず鶏の声が聞こえる、さてはどこかに人家があるとみえるというのであります。

次に

湖の水まさりけり五月雨　去来

この句は五月雨が小止《おや》みもなく降り続くので、ある日琵琶湖《びわこ》に行ってみると、あの周囲七十余里といわれておる海に等しい琵琶湖でさえ水嵩《みずかさ》が増しておるというのであります。

次に

荒海や佐渡に横たふ天の川　芭蕉

北海は荒海でありますが、ある年の秋芭蕉はその荒海のほとりのある町におりました。夜になって大空を見渡しますと、その晴れ渡った秋の空に天の川がかかって遠く沖にある佐渡が島の方に流れております。そこをとって芭蕉はこの句にしたのであります。

次に

舟人にぬかれて乗りし時雨かな　尚白

どこということは別に明白ではありませんが、仮に近江《おうみ》の矢走《やばせ》の渡《わたし》とでもしましょうか。どこか降りそうな空合でもありましたが、また明るくなって持ちなおすらしい模様でありました。船頭に聞いてみますと、「なあに大丈夫だ。」とか何とか平気で答えます。それならばということで渡舟に乗って湖の半辺まで漕《こ》ぎ出しますと俄《にわ》かにまた空模様が変わってざあと時雨《しぐれ》が降ってきた。こんなことならこの渡は渡らずに少々遠くとも瀬田廻《せたまわ》りをするのであったのに。船頭にだまされてつい船に乗ってしまった、とこういう意味であります。

さてかく解釈してみますと、それで各々の句の意味だけは無造作に判ったことになりますが、初めて俳句に接したものにあっては同時に一つの大きな疑問が起こらなければなりません。というのは、たとえば第一の句についていうと、「鶏の声も聞こゆる」という十二字と「山桜」という下の五字との間に何の連絡もないのにかかわらず、前解のごとく、「山に行って花見をしている」とか、「この辺には人家がないと考えていたにかかわらず」とか、「さてはどこかに人家があるとみえる」とかいうような解釈を産み出し得るということは不可思議のこととしなければなりません。他の三句にあっても同様であります。

が、しかし少し俳句に慣れてくると、かくの如きはむしろ俳句としては普通のことであって、それをわざわざ怪しむのがかえって不思議なくらいに思われるようになります。すなわち、第一句の場合にあっても「山桜」という文字が与える概念と、「鶏の声も聞こゆる」という言葉が与える概念とが結びついて、その間にできるだけの多くの連想を生んで前解のごとき意味を人に伝え得ることになるのであります。もしこれが俳句でなくてただの文章の一節であったならば、「……鶏の声も聞こゆる山桜……」と読んで行った場合に、全体それは何を表わしたのか、主格もなく、目的格もなく、何がどうして鶏の声も聞こゆるというのか、また山桜がどうしたというのか皆目不可解の文字としなければならないのであります。

そこでこういうことを了解しておかなければなりません。

俳句を解釈する場合には、散文の一節をみるのとは違った用意を必要とします。

（7）すなわち、散文であるとなるべく文字を十分に使用して意味連絡をはかるようになっておりますが、俳句の場合に合ってはできるだけ簡潔な文字が使用されて、多くの意味は連想に待つようになっております。

この俳句の叙法につきましては別にお話しする考えでおりますから、ここにはこれだけで端折りまして、さて、解釈し来った四句のごとき全体何を表しているといったらいいのでしょうか、すなわちこれらの句の面白味はどういう所に存しているのでしょうか、俳句内容の吟味ということがこの一節の本来の目的であったのですから、ただちにそこに踏みこんでゆこうと思います。

これらの句は「釣瓶取られて」や「我ものと」の句のように人情をうたったものではなく、景色もしくは事実を描いた句といってよかろうかと思います。もっとも厳密にいえばこれらの句のうちにも情はあります。また「釣瓶取られて」等の句のうちにも景はあります。がその重きをなしている点が違っていると思います。「釣瓶取られて」等の句はその釣瓶取られて貰ひ水、といったようなところに女子供をあっと感ぜしめる力強い情の現れがありますが、これらの句にはそれがありません。余情としては閑寂な境地を愛好する心持だとか、大景に憧憬する心持だとか、もしくは洒脱《しゃだつ》な心持だとかいったようなものが現れていると言えば言えないことはありませんが、しかしそれは句の陰に潜んだまったくの余情であって、句の表面にあってはいずれもただある事実を描写したというに過ぎないのであります。そこでこれらの句が表わしている光景や事実の上に何の興味をももたない人は、「なんだつまらない」と言ってしまうかもしれませんし、またそれらの事実の上には興味を持ち得る人であっても、もともと「釣瓶取られて」等の句にて味わい得たところのものをこれらの句の上にも待ち設けていた人々にあっては一応失望せずにはいられないのであります。私が前に、当時ちょっと捕まえどころがなくなったように感じたと言ったのはすなわち個々の事で、これらの中に人情味を見出《みいだ》そうとして見出すことができず、さりとてまた叙景叙事の味を発見しようとするには心の用意が足りなかったのであります。

が、しかしいったん気付いてみますと、たちまち夜が明けたような心持ちで、「そうか俳句というものはこんなものであったのか」と初めて宝庫の鍵《かぎ》を手にしたような快味を感ずるのであります。もっとも俳句の中には例の「釣瓶取られて」のような人情味の勝った句もあります。その他なお種々雑多の種類のものを包含しておりますから、独りこれらの句を解することによってまた直ちに俳句全部を了解したものとは言えません。しかしかの「釣瓶取られて」の句をもって俳句の全貌《ぜんぼう》だとしたのに比べたらばだいぶ広くなっております。そうして前にも申した通り芭蕉はこの道のお祖師様である。そのお祖師様やお祖師様を囲繞《いじょう》している大智識達の作ったこれらの句は、たしかに俳句の大道を指示したものとしてみることができるのであります。そこでこういう結論に到着します。

三　俳句とは主として景色を叙する文学であります

なおまた前に挙げたすべての句には、春夏秋冬四季のうちのどれかが必ず詠みこまれています。「朝顔」は秋、「雪」は冬、「桜」は春、「五月雨」は夏、「天の川」は秋、「時雨」は冬であります。

これら「　」内のものをすべて「季のもの」と言います。すなわち俳句はぜひこれらの季のものを詠みこまねばならぬことになっているのであります。そのことは俳句の一大事であってぜひ詳論せねばならぬことですからこれも一項を設けて論ずることとして、ここにはただこういう結論だけを与えておこうと思います。

四　俳句には必ず季のものを詠みこみます

次にまた俳句には切字《きれじ》というものがあります。前に挙げた句についていいますと、

朝顔に釣瓶取られて貰ひ水　（切字無し）
我ものと思へば軽し傘の雪
鶏の声も聞こゆる山桜

湖の水まさりけり五月雨

荒海や佐渡に横たふ天の川

舟人にぬかれて乗りし時雨かな

右の太字が切字であります。これらの切字は多くの場合俳句になくてはならぬものになっています。これも別に一項をおいて論じますから、ここにはただ結論だけを与えておきます。

五　俳句には多くの場合切字を必要とします

私はこの総論を終るにのぞみまして、前段に申しました一言をぜひとも取り消しておかなければならないと思います。それは和歌と俳句とを比較して、和歌は堂上人のごとく優にやさしきもの、俳句は町人のごとく下卑《げび》て賤《いや》しきもの、とそういう感じを抱いておったといった言葉であります。初めしばらくの間はその考えを拭《ぬぐ》い去ることができませんでしたが、やがて芭蕉等の句に親しみがふえてくるに従って私は決して俳句を下卑たものとは考えることができなくなりました。三十一文字に比べて十七字を品格の無い詩形であるように感ずることは伝統的な皮相の見解にすぎません。文学の価値はそんな皮相をもって容易に判断のできるものではありません。

俳句が文学の一種類として立派なものであることは、少し俳句を研究してみれば何人にも判ることであります。(8)

第二章　季　題

前章では俳句というものの大体の概念を与えるのを目的としましたからごく大ざっぱなお話をいたしましたが、本章からはいま少しこまごまとしたお話に立ち入ってみようと思います。

「ああ暑い」「ああ寒い」とは誰もよく申すことであります。「おはよう」とか「御機嫌よう」とかいう言葉の次に出るのは、「お暑うございます」「お寒うございます」という挨拶《あいさつ》でございます。手紙に書く文句の初めにもいわゆる時候の挨拶がきまって連ねられます。

時候というものが我等日常生活の上にいかに大きな関係を持っていて、その日その時の我等の気分を支配してゆく力のいかに強いものであるかということはこれによっても知られることであります。

俳句はこの時候というものにもっとも重きをおいた文学であります。（9）

こう言ったばかりではまだ何のことだかお判りになりますまい。いま少し詳しく説明すると、

俳句はこの時候の変化につれて起ってくるいろいろの現象を諷《うた》う文学であります。

（10）

時候が春、夏、秋、冬の四季に分かれていることは申すまでもありません。ここにその春が来るにつけて起って来る現象の一例を申しますと、まず今まで肌を切るような北風ばかり吹いていたのが、いつの間にか暖かみを帯びた東風に変わります。この**東風**の吹くということはとりもなおさず時候の変化につれて起って来た現象の一つであります。……天文上の現象

また春が来ますと、今まで涸《か》れがれになったり氷が張りつめていたりした溝川の水などがいつの間にか氷も溶けてしまい少しずつ分量も増してきて、沈んでいた芥《ゴミ》もぽかぽかと浮かびだしてくるような心持ちになります。

俳句ではこれを水温《ぬる》むと申します。**水温む**ということも時候の変化につれて起ってきた現象の一つであります。……地理上の現象

また春が来ますと、秋以来冬にかけては大方はせわしげに鳴く小鳥ばかりであった

中にたまたま一つの悠長な鳴き声が交じるようになります。それは古《いにし》えから歌人なども称美し来った鶯《うぐいす》であります。この鶯の啼き始めるということも時候の変化につれて起ってきた現象の一つであります。……動物上の現象

また春が来ますと、今までは蕭条《しょうじょう》として常磐木《ときわぎ》のほかの万木千草はことごとく枯れ果てたかと思われていた中に、その一つの枯木の枝頭に忽《こつ》として芬香《ふんこう》を吐くところの白いものを見出《みいだ》します。それは梅の花であります。この**梅の花**の開くということも時候の変化にともなって起り来った現象の一つであります。……植物上の現象

また春が来ますと、大空にはいつの間にか紙鳶《たこ》の揚がっているのが目につき同時に今まで打棄《うっちゃ》ってあった野良の田畑にぽつぽつと百姓の姿を認めるようになります。それは百姓が彼岸になるといろいろの種を蒔《ま》きますその準備のために畑を打ち返すのであります。俳句ではそれを**畑打**と申します。この畑打ということも時候の変化にともなって起り来った現象の一つであります。……人事上の現象

秋の日の釣瓶落しということをよくいいます。それは日暮になったかと思うとたちまち暮れてしまうだんだん日の短くなってゆく秋の心持をいったものでありますが、それが冬に入りますとますますつまってきて五時でも打つともう灯をつけねば手元が

暗くて仕事ができぬというようになってきます。がまた日の短い頂上の冬至を過ぎると今度は反対に少しずつ延びてきていよいよ春にはいったとなるとよほどもう日永《ひなが》の心持がしてきます。一番日の永い頂上は申すまでもなく夏至《げし》でありますが、前申した秋の日の釣瓶《つるべ》落しというようにそのにわかに日の短くなった心持が冬の頂上よりもかえって秋において強いように、日永という感じも夏よりもかえって春において強いところがあります。それで俳句ではその春の日の永くなった心持を特に日永と呼んでおります。

——日永についてはもっと詳しく説明しないと言葉がたりませんが、今それをいうと混雑をきたしますから後に譲ります。(11)

この日永ということも時候の変化にともなって起った現象の一つであります。……

天文、地理、動物、植物、人事などの分類に入らぬ現象

以上はほんの手近い一、二の例を引いたのに過ぎないのでありますがこれに似寄ったことはたくさんあります。以上のべた例から類推しても直ちに若干の題目を挙げ得るのであります。

試みにその題目を少し列挙してみましょうか。

東風から類推し得るもの——春風、春雨、霞《かすみ》、朧月《おぼろづき》など。……天文上の現象

水温むから類推し得るもの——氷解、春の水、春の山、春の海など。……地理上の現象

鶯から類推し得るもの——燕、雲雀、蝶、蜂など。……動物上の現象

梅の花から類推し得るもの——桜の花、椿の花、藤の花、躑躅《つつじ》の花など。……植物上の現象

畑打から類推し得るもの——種蒔、接木、さし木など。……人事上の現象

日永より類推し得るもの——のどか、暖か、うららか、春の夜など。……天文、地理、動物、植物、人事などの分類に入らぬ現象

しかしこうならべたてましたところで、読者の中にはただちにこれらの題目を類推し得られる方と得られない方とがあることだろうと思います。その得られない方にあってはなにゆえにそれらを類推し得るかをまず疑問とせられるでありましょう。私はその疑問に答えるために小さい文字でもって「天文上の現象」とか「地理上の現象」とかいう脚註《きやくちゆう》を施しておいたのでございます。

およそ時候の変化にともなって起って来るあらゆる現象を便利のために分類してみ

ますと、

天文に属するもの　　蒼天《そうてん》、空間などに起ること。
地理に属するもの　　地上に起ること。
動物に属するもの
植物に属するもの
人事に属するもの　　人間の行為、人体などに関するもの。
時候に属するもの　　以上五つの分類に入らぬもの。

とまずこの六つになります。これも何も六つに限ったというわけではなく、もっと細かく分類しようと思えばいくらにでも分類ができるのでありますが、これくらいにしておくのが比較的便宜なために、普通この六つに分類します。――このうち最後の「時候」というのは、時候を分類してさらに時候を得たことになって少しおかしいようではありますが、つまり天文にも地理にも動物にも人事にも入れることのできなかった残りものを、やはり時候という、その実前よりも範囲の狭い名の下に一分科としておくのであります。――そうしてこの分類を土台として、たとえば東風と同じ天文に属するからというので春風、春雨、霞、朧月というふうに類推してゆくのであります。

六　時候の変化によって起こる現象を俳句にては季のものまたは季題と呼びます

さらに進んで俳句と季題との関係を説きましょう。

まず第一に俳句以外の文学と季題との関係はどんなものでありましょうか、それをちょっと取り調べておく必要があろうかと思います。

俳句についで季題に関係の深いのは和歌でありましょう。試みに和歌の類集というようなものを開けてみますとやはり俳句の類集と同じように春の部、夏の部、秋の部、冬の部などと四季の分類がしてあります。しかも俳句の類集とくらべてそこに顕著な二つの相違があることを忘れてはなりません。

その一つは句集には春の部、夏の部、秋の部、冬の部という四大別がしてありまして、そのほかにはたまに新年の部というのが春の部もしくは冬の部の隷属として設けてあるくらいのもので一切他の分類はありません。それが歌集になりますとなかなか四季の分類だけでは終わっておりません。仮りにその歌集が五冊あるものとしますと、初めの二冊が四季の部で、あと二冊が恋の部で、残り一冊が羇旅《きりょ》の部、無常の部などの雑居というような始末であります。これはとりもなおさず和歌はある点まで四季すなわち時候と深い関係をもっているがしかし無関係でも成り立ち得るのみならず恋、羇旅、無常などという強く人情を刺激する性質のものにはさらに季のものを必要としないということを証明しているのであります。がそれが俳句になりますと四季の分類以外に出るものは一句もなく、たとい恋、羇旅、無常などを詠ずるとしましても必ずそれは季のものを詠みこむのであります。歌の方では卑近な百人一首から例をとってみますと、

秋の田の**刈穂**の庵の苫《とま》を荒み我衣手は**露**にぬれつゝ
春過ぎて**夏来**にけらし白妙の衣ほすてふあまのかぐやま

これらは太字が皆季のものでありますから四季の分類に入るべき和歌でありますが、

夜をこめて鶏《とり》の空音《そらね》ははかるとも世に逢坂《おおさか》の関は許さじ

魂《たま》の緒よ絶えなば絶えねながらへば忍ぶることの弱りもぞする

などという恋歌は四季の分類に入れようとしても入れようがありません。ところが俳句になりますと、

紅梅や見ぬ恋つくる玉簾《たますだれ》　芭蕉

短夜や伽羅《きゃら》の匂ひの胸ぶくれ　几《き》董《とう》

というような恋句のごときものでもちゃんと太字のような季のものが読みこんでありま す。私は例によって簡単に句意を説明して、この二つの恋句の上に季のものがどれだけの力をもっているかを調べてみることにいたしましょう。

芭蕉の句意はこうであります。ある邸《やしき》のうちの庭に紅梅が咲いていてそれが艶《えん》に美しい色を見せているが、その庭を隔てた向こうの対屋《たいや》には玉簾が下がっていてその中には人のいそうな心持がする、果たしてどんな人がいるのかその中は見るよしもないが、なかなかにそれがなつかしく慕わしい心持がするというのであります。

几董の句意はこうであります。恋し合っている仲の男女が、ある夏の夜――短夜と

いうのは夏の夜のことであります。夏は事実においてもっとも日が永いことは前条にのべましたが同時に夜はもっとも短くって、朝の四時頃にはもう白みかけます。それで俳句では夏の夜のことを短夜といいます――逢って、さて翌朝になっていざ別れようとすると、昨夜相逢った時のことに慕わしく懐かしく嗅《か》いだ伽羅の香も今朝はかえって心憂い種となる、というのであります。

前の二首の恋歌は恋についての感情を直叙しているばかりで何の事実をも叙してはおりませんが、この二つの恋句は感情を言い表わすと同時に事実を叙しております。前句は、庭には紅梅が咲いて、その向こうには玉簾が下がっているという事実を叙し、後句は、それが夏の夜のきぬぎぬの朝であって伽羅の匂いもしていることを叙しております。

この事実を叙しておるおらぬということが、前掲の和歌と俳句との大きな相違であります。と同時にその俳句の方の事実の大部分は紅梅とか短夜とかいう季のものがこれを占めていることに注意しなければなりません。

かく和歌には四季の部に属さない恋の部というものが別にあるが俳句にはそれがない。（12）

たとい恋句というようなものがあるにしてもそれも必ず季のものが読みこまれていて四季の分類中に包括されてしまっているということは、この二つの文学を比較する上において顕著な相違の一つであります。

いま一つ顕著な相違があります。それはほかでもありません。和歌の方は月とか雪とか花とかいういわゆる季のもののうちでも重大なものだけは無暗《むやみ》に精細に分類されて、たとえば高嶺の花とか水辺の花とか離落の花とかが並べたてられておりますが、少し珍しい季のもの――そのめずらしいというのも和歌からみて珍しいのでありまして、俳句からいったら少しも珍しくないのでありますが――になりますとまことに寥々《りょうりょう》として数えるほどのものしかありません。たとえば、

春雷、雪解、別れ霜。……天文に属する季のもの＝天文上の現象というのと同じ意味（以下これに準ず）

春氷、春の潮、山笑ふ。……地理に属する季のもの

鳥の巣、蚕、蜆。……動物に属する季のもの

辛夷、蘩蔞《はこべら》、蕗の薹。……植物に属する季のもの

初午、蓬餅、出代。……人事に属する季のもの

二月、三月尽、夜半の春。……時候に属する季のもの

などの題をあげてそれらの題を探してみたら、それは決してたくさんはないだろうと思います。仮りに蘩蔞の歌とでもいうのがあったとしましたら、きっと、「なにがしの君よりはこべらの歌仕《つかまつ》れとありければ」などという前置でもおいてまったくのもの好きから冗談半分に作ったもののように取り扱われるであろうと思います。

ところが俳句になると以上のごときものはいずれも極めて普通の季題でありまして、時候の変化にともなって我等の眼の前に起こりくる一切の現象――すなわち季題――は何物をもとって材料とせねば止まぬという傾向を持っているのであります。(13)ことにその傾向は今日の俳句において盛んになってきているのであります。(14)

ただしこれをもって私は和歌を抑えて俳句を揚げようというのではありません。和歌にあってはむしろ季題などに重大な意味をおかない点において別個の長所を持っているのであります。ただ和歌のそういう性質と照らし合わせて、我が俳句が季題ということに特別の深い関係をもっているものであるということを明らかにするのが私の目的であったのであります。

なお私は進んで和歌以外の文学と季題との関係をしらべてみて、いよいよ季題に重

大な関係を持つ文学は俳句のみという断定を下さなければならぬのでありますが、それは煩わしいから略します。そうしてただ一言、和歌以外の文学は和歌ほども季題に重きをおいていないということだけを断言しておきます。漢詩の一部を除くのほか都々逸《どどいつ》、端唄《はうた》、川柳《せんりゅう》はもとよりのこと、長詩とか小説とかいうものに至るまでそれは季題などとは没交渉といってもさしつかえないのであります。

他の文学との比較はこれくらいにしておきまして、さて季題なるものが実際いかなる形の下に俳句に読みこまれているかということを、実例について検《しら》べていってみようと思います。

まず天文の部から始めます。なお混雑を来さぬため前に掲げた季題に相当する句を選み出します。

東風《こち》吹くと語りもぞ行く主《しゅう》と従者《ずさ》　太《たい》祇《ぎ》

句意は、一人の主人が一人の従者を連れて春の初めに表を歩いておりますと、今までの北風と違った柔らか味のある風が吹いてきます。その時、

「もう東風が吹くね。」

「さようでございます。もうこのあんばいではすぐ暖かになります。」

などと話しながら歩いているというのであります。

　主と従者とが何事をか話しながら歩いているというだけでは、

「なんだそれっきりのことか。」と大方の人は相手にしません。実際主従が二人話しながら表を歩いているというだけでは格別これという興味もありません。がそれがいったん、東風の吹くということを話題としていることが判るとそこににわかに一つの興味が生じます。というのはその話題が判ったということの興味ばかりでなく、その言葉から実際東風が主従の顔を吹いているという春さきの郊外（もしくは街上）の光景が想像されて、単に主従が話しながら行くという無味な事実の上に大きな興味を加えるからであります。すなわちこの句では季題が話題として無造作に使用されているようであってその実季の十分な働きをなしているのであります。

　西の京にばけもの栖《すみ》て久しく荒れはて
たる家ありけりいまそのさたなくて

春雨や人住て煙壁を洩る　蕪《ぶ》村《そん》

この句意は前置がありますから説明をしなくっても判るでしょうけれども例によって簡単に申します。京都の西部のとある家は化物屋敷だという評判で久しく人も住まず荒れ果てるままにしてあったが、今はそういう噂もなくなった、というのが前置で、句の方はその化物屋敷といわれた家はもう人が住んでいて飯を炊いたり物を煮たりする煙が壁の透間から外に洩《も》れているところというのであります。もっともこれだけでは「春雨や」という初五字の説明はまだしません。が、仮りにその初五字がないものとしてみましても、長い前置があるためにすでに一個の興味ある面白い事実を想像することができます。かといってまたその初五字がない方がいいかとなるとそれは決してそうだとは申されません。

初五字はごらんの通り「春雨や」となっています。その春雨やの興味を説明する前に私は試みにこれを「夕立や」「秋雨や」「時雨るゝや」という他の文字におきかえてみようと思います。

つまり前述の光景をいつの時候の雨中の景としたのが一番面白いかということを吟味してみようと思うのであります。

まず夏の夕に降る夕立としてみますと、その篠《しの》突くような強烈な勢い、あとはすぐ晴れるというような軽快な心持が主として人の心を支配しますから、もとこの家に妖《よう》怪《かい》が住んでいたというような陰気な感じは鈍ってしまいます。

次に秋雨になりますと、蕭条《しょうじょう》として降る秋の淋《さび》しさが主になりますからその陰気の感じは十分にありますが、同時にその壁を洩る煙までが何だか陰気臭くなってしまって、現在住まっているという人もやはり妖怪ではないかというような疑いさえ生じます。

次に時雨になりますと、やはり陰気な心持はないことはありませんが、それよりもからびた趣が主になりますからその煙さえも何だかかれがれの煙で、家も妖怪もすべて油気の抜けた寂滅に近いもののような感じがします。

さて最後に春雨はどうでありましょうか。春雨は他の気候の雨にくらべて一番濃艶《のうえん》な感じのするものでありますが、同時に濃艶な妖怪味を有しております。そこでこの句の説明に移りますが、かくかくいう噂のあって荒れ果てた家であったが今はもう人が住んで炊煙が壁を洩れている、その炊煙はいかにも中に住まっている人の生活そのものを語るように平和な豊かな心持をして外に洩れている、降っている雨も春の雨で、草木さえもその力で養ってゆかれるというような親しみのある優しみのある雨である、その雨その煙がまた互いに生あるもののごとく睦《むつ》みあっている、とこういうのが正面の解釈でありまして、その点から申しますと夕立以下の他の三季の雨よりも春の雨が最もその過去の噂に頓着《とんじゃく》なく今この家に住まっている人の無事な平和を表わすのに適当しているといってよろしいのであります。がしかしそれだけになりますと西の京に云々《うんぬん》という過去の事実の響きがあまり薄くなりまして、一方に現在の情景をよく尽すかわりせっかく長い前置までおいていい表わそうとした妖怪味が十分の功果を収めぬことになります。私はただいまこう申しました。「その雨その煙がまた互いに生あるもののごとく睦み合っている」と。夕立であっても秋雨であってもこの煙と雨とがたがいに生あるもののように睦み合う心持はありません。それは春雨であって初めて出てくる心持なのであります。濃艶な妖怪趣味というのはすなわちそこのことであります。

すなわちこの句は現在の平和な光景を表しておきながら同時に一つの艶《つや》っ気のある妖怪趣味を描き出しているところが生命であります。そうしてそれはとりもなおさず「春雨」という季題の大きな働きであることを忘れてはなりません。

次に地理の部に移ります。

日は落ちて増《ます》かとぞみゆる春の水　几董

これは湖水なり沼なりもしくは大きな川なりの景色でありましょう、それは春の時候でありますからそこに湛《たた》えられている大水はすなわち春の水であります。夕暮日輪が西に落ちるころその春の水を見ているとだんだんその水は増してゆくような心持がするというのであります。

なぜ増してゆくような心持がするのでしょうか。それは高かった日の次第次第に低く落ちてゆくがために水の方が自然高くなるような心持もいくらかありましょうが、それよりも日が落ちたために光が弱くなりそのためにそういう錯覚を起こすということが主な原因でありましょう。

けれどもまたこういうことを注意しなければなりません。「増かとぞ見ゆる」というのは「増すように思えばそうも思える」という主観味の勝った言葉であります。そこがこの句の眼目でありまして、元来春の水は春水満四沢《しゅんすいしたくにみつ》というように潤沢な感じのするものであります。そこで「日は落ちて増かとぞ見ゆる」という十二字は春の水というものの特別の性質を言い表わすために用いられた文字と言っていいのであります。

そういたしますとこの句における春の水は前二句などよりもさらにいっそう重大な位置に立っております。

けさ春の氷ともなし水の糟《かす》　召波《しょうは》

この句意はある日の朝手水鉢《ちょうずばち》なり盥《たらい》なりそういうものを見ますと、春の氷が張っているには張っているが、しかしそれは大変に薄いもので、手でもさわればすぐ消えてなくなりそうなもので、春の氷というほどのものではなく、むしろ水の糟とでもいうべきものだというのであります。

この句も前句と同じく、春の氷の特性を詠ずることを主にしたものでありますから、季のものとしての春氷は句における重大な部分を占めているのであります。

季のものの用い方の説明はなお動物、植物、人事、時候から各二句宛《ずつ》を取り出してそれに結論をつけて一段落とするはずでありますが、あまり長くなりますからそれは次章にゆずります。ただここに一言しておかねばならぬことは今回になってまた二、三の新しい俳人の名に親しくなったことであります。ここにひっくるめてその名をあげてみますとそれは、

几董、太祇、蕪村、召波の四人であります。（15）

この四人は今から百余年前の俳人でありまして、いずれも立派な俳人であります。前回に私はこの道のお祖師様たる芭蕉とその弟子四人の名前を挙げまして、それらの人は二百余年前の立派な俳人であると申しましたが、ここに挙げた四人は百余年前の立派な俳人であります。このうちで年は太祇の方が少し上でありますが手腕から申しましたら蕪村の方を上位に推さなければなりません。几董、召波の二人は蕪村の高弟であります。

短い講義に、あまり季題の説明が長きに過ぎはしないかと危ぶまれるのでありますが、俳句とはどんなものかという質問に対し、

俳句は季題を詠ずる文学なり。（16）

と答えても差し支えないくらいに思っておりますから、他のものはどれほど簡約にしても、この季題のことについては十分の弁を費やさねばなりませぬ。ゆっくり心を落ち着けて御一読を願います。

前章において私は季題がどんなあんばいに俳句に用いられるか、すなわち季のもの

の用い方の説明を実際の句についていたしてまいって、天文と地理とを終ったのでありました。この章においては動物から始めます。

鶯《うぐいす》の身を逆《さか》様《さま》に初音かな　其角

この作者其角の名は前にも出ました。

さてこの句意は、前章にのべた「春の水」の句や「春の氷」などと同じように「鶯」という季のものを主題として詠じたものであります。

前章にもちょっと説明しておいた通り、鶯という鳥はその前年の秋から渡って来ている――いわゆる渡り鳥であるところの――頰白《ほおじろ》だとか鵯《ひよどり》だとか百舌鳥《もず》だとかいうような小鳥類とは全然感じを異にした鳥で、春さきになって初めてホーホケキョという他の小鳥などにみることのできない声をして、庭の樹などに来たところを見ると、いかにも春の心持を一人で了解しているように軽快に飛び回っています。そこをつかまえて其角はこの句を作ったもので、鶯は身を逆様にして初音を啼いたといったのであります。

「初音」という言葉はよく鶯に関連して用いられる言葉であります。そのうちにはその鳥に対する待ち設けの心持が十分にあります。冬の寒さは誰も余り好ましくないもので、その寒さが一日一日とゆるみかけてくると、「もう春が近い。」「もうすぐ春だ。」と誰の心もその春のくることをまち設ける、その人々の心をさながら承知しているかのように鶯は真先きかけてホーホケキョという声を洩《も》らすものでありますから、春を待つと同じ心をもって、人々はこの鶯の啼声を待つのであります。のみならず啼声そのものも流麗な調子を備えている秋の小鳥のそれらとはだいぶ趣を異にしているので、単に春を待つという一般の待ち設けの上に、風流韻事に憂身をやつす人はさらにその初音を誰よりも先に争い聴こうとする好事《こうず》的な競争をさえ生ずるようになったのであります。何もこれという用事もなくその日その日を徒衣徒食し恋をさえ遊戯視していた平安朝時代の堂上人《どうじょうびと》などの中に好んで和歌にも読みこまれるようになったのであります。和歌を父母として生まれた俳句にも自然この初音という文字が踏襲され賞翫《しょうがん》の意味がそのうちに含まれていることも争われない事実であります。

初音というと鶯それ自身の初音のように解されますが、それは聴く人の側にとっての初音であります。私が今年初めて鶯の啼声を聴いたらそれが私にとっての初音であります。この句も其角がある年初めて鶯の初音を聴いた、その時鶯は尾を空様《そらざま》に足は枝を踏まえて身を逆様にして啼いたというのであります。

俳句は和歌を父母として生まれたのでやはり初音という言葉のうちに賞翫の意味が伝わっているということをただいま申しましたが、しかしそれと同時に俳句には和歌にみることのできなかったある特色が加わってきています。たとえば和歌にあっては

浅みどり春立つ空に鶯の初音をまたぬ人はあらじな

というように、初音を聴いた時の心の喜びを主として表しておりますが、この其角の句にあっては、その喜びは客として——和歌ほどに重きをおかないで——その初音を啼く時の目に見た形の客観的描写を主としております。(17)

すなわちこの句を読んだ場合は画家が描いた身を逆様にして木にとまっている鶯の形を想像し得るまでにその形の方を主として描いているのであります。この点は前章において、恋歌と恋句とを比較して恋歌は恋についての感情を直叙し、恋句は感情を表すと同時に事実を叙しているということを申し上げたその比較と同一の結論に到着するのであります。そうしてこれは大概な和歌と俳句とを比較した場合に必ず到着するところの結論であります。

鷲の巣の樟の枯枝に日は入りぬ　凡兆

凡兆という名前もかつて一度出たことがあります。

さてこの句意は、人里離れた深山などにある樟の樹の梢《こずえ》に鷲《わし》が巣をくっている、その鷲が巣をくっている枝は枯枝でありますが、ちょうどその枯枝のあたりに赤い色をした春の日が落ちるのを見たというのであります。

樟の葉は冬も凋落《ちょうらく》しないものでありますが、それでいて枯枝というのはどういうのでしょう。こういう植物に詳しい人の話に常緑木でも時々落葉樹と同様に一時すっかり落葉することがある、多分それは樹木の病気などであろうということを話しましたが、それでないにしても、鷲が巣をくっているような大樹になるとその樹全体は勢いよく茂っているにしてもある枝だけは鳥糞をかぶって枯枝になっているというような場合はよくあることでありましょう。この句はそういう場合と解釈する方が穏やかだろうと思います。

なぜに特に枯枝といったのだろう、「鷲の巣の樟の梢に日は入りぬ」と言ったのでもよさそうなものだというような説が出るかもしれませぬが、これは実際枯枝であっ

たのだろうと思います。ここにおいて私はちょっと、

写生ということについて一言したいと思います。(18)

この句には前置があるのであります。その前置にはこうあります。

越《こし》より飛驒《ひだ》へ行くとて籠《かご》のわたりのあやうきところどころ

道もなき山路にさまよひて

この前置はこの句の価値を増減するに足るほど重要なものではないのでありますから前条句意を解釈する上には必要のないものとして掲げなかったのでありますが、この句の写生であることを明白にするためにここに掲げるのであります。

すなわちこの句はこの前置にあるように籠の渡のある辺の危うき山路を歩いている時分に、ふと見ると向こうの樟の樹のある枯れた枝の上に鷲が巣をくっている、その辺に春の日もはいってしまったとこういうのであって、目の前に映じた光景をそのままに写しとったのでありましょう。私共は常に、

自然の、偉大で創造的で変化に富んでいることに驚嘆するのであります。その自然に比べると人間の頭は小さくて単調なものであります。(19)

——もっともこのことについては随分議論のあることでありましょうが、わが読者

諸君は、人間の頭を小にして単調なものとし、自然を大にして変化に富めるものとお考えになることを必要と存ずるのであります。

写生ということはこの自然を偉大とし創造的とし、変化に富んだものとする信仰の上に立つのであります。すなわち我等の小さい頭ではとても新しい変化のあることを考え出すことはできない。変化のある新しいことを見出《みいだ》すのには自然を十分に観察し研究する必要がある、この自然の観察研究からくる句作法を私共は写生と呼んでいるのであります。

私は其角の鶯の句も単に心の喜びを表わす和歌などと違って形を描く方面に一歩を進めていることを前にお話しましたが、しかし「身を逆様」というようなことはその時も申しましたようにすでに多くの画家などの研究していた形であって、其角は無声の画を有声の詩に翻訳したというにすぎない程度のものでありますが、この凡兆の句になりますと全然旧窠《きゅうそう》を脱した清新な句で、とても机上でこしらえあげた句でなく写生の句であります。其角の句が当時にあって芭蕉などを驚かし「晋子《しんし》（其角）の俳諧は伊達風流にして作意の働き面白きにあり」などと言わしめたにかかわらず何だかまだ一皮脱し得ない古臭を帯びているのに対し、凡兆の句は大方清新にしてしかもどことなく大きいところのある——仮りに彫刻にたとえていえば鑿《のみ》の使いようがずばずばとくったくなく大きい——というのも畢竟《ひっきょう》この写生からくる強味なのでありましょう。

写生についてはページ数の許す限り一項を設けていま少しお話いたしたい所存でおりますが、これは俳句のみならず一般文芸の上にわたる議論でそこを詳しくお話する余裕があるかないか判りませんから、季題の途中ではありますが、ここに一つの断案を下しておきます。

七　俳句を作るには写生を最も必要なる方法とします

さてこの句の季題は何でありましょう。「鷙の巣」が季題になって春季の句になっているのであります。一体鳥類は春季に巣をくって、そこに卵を産みこれを孵化《ふか》さすのであります。上野の動物園のあのたくさん鳥の入れてある金網の中に一本の松の樹がありますが、ある時私は桜の花の咲いているころそこに行ってみると、一匹の鳥は金網の中に落とされている乏しい小枝や藁切《わらきれ》を集めてその松の樹の梢に巣らしいものを作っておりました。話が余談にわたりましたが「鳥の巣」というとそれは春季のものとちゃんと俳句ではきまっているのであります。

次に植物に進みます。

梅一輪〱ほどの暖かさ　嵐雪

嵐雪という名前は初めて出てまいりましたが、このひとは其角と並び称せられた芭蕉門下の双壁《そうへき》であったのであります。

句意は梅の花が一昨日はただ一輪見えたのが昨日は二輪今日は三輪になってその梅の花のぼつぼつと数を増してくるに従って、どことなく春らしい暖かさも増してくるというのであります。もし春意というようなものが天地の間に動いたとするならば、一輪一輪と開いてゆく梅はそれをシンボライズしたようなものであります。それと同じ意味でその一輪一輪の梅は春暖のシンボルとして人の目に映ずるのであります。

この句は「梅」が季題であります。「暖か」というのもやはり季題でその方は「時候」の方に属するのであります。この句のごときは

季重なり（20）

というものでありますが、季重なりはいけないと一概に排斥する月並《つきなみ》宗匠輩の言葉は

とるに足りませぬ。季重なりはむしろ大概な場合さしつかえないのであります。ただ「春風」とか「春の月」とかいう春という字のくっついているのにさらに春季の季題である「霞《かすみ》」「氷解」「燕」「桜の花」「種蒔《たねまき》」「長閑《のどか》」などをあわせ用うることは重複した感じを与えることになるからこれを忌むのであります。というのはすでに「霞」「氷解」「燕」「桜の花」「種蒔」「長閑」などは春季のものときまっているのに「春風」とか「春の月」とかわざわざ春ということわりのついた文字を用いた季題を、その上に重ねて用うるということはまったく無用のこととせねばなりませぬ。

なおこれと同じような理由のもとに、必ずしも「春」の字のくっついたものでなくとも季題を重ね用うることが無用な場合もほかにないではありませんが、それは大方実際の句についてみないと明白に是非をいうことができませんからここには略します。また「春」の字のくっついた季題のものでも時と場合によっては他の季題と重ね用いても差し支えのないことがあります。これも実例について言わねばなりませんからここに略します。また春季と夏季との季重なり、冬季と春季との季重なりというような場合も往々にしてあります。それらも大体においてさしつかえないものとお認めを願います。それで私は従来の俳句の規則にさからって、一つ断案を下しておきます。

八　季重なりは俳句において重大な問題ではありません

さてこの嵐雪の句における季題「梅」と「暖か」の季重なりはやはりそれほど重大ではありません。

草臥《くたびれ》て宿かる頃や藤の花　芭蕉

芭蕉はほとんど雲水《うんすい》の僧同様日本国中を行脚《あんぎゃ》して廻《まわ》った人で、この句もその旅行の句であります。今日も何里かの道を歩いたのでもう大分くたびれた、あたかも人家のある所に出たので、一つこの家に今宵《こよい》一夜の宿を乞《こ》おうと思う心が動いた、その時前の山かその家の軒端かに静かに長く垂れている藤の花に目がとまった、というのであります。

この句は「藤の花」を主にして作った句でしょうか、あるいは「藤の花」はまったく副物《そえもの》で、「草臥れて宿かる頃」の旅情を主として歌ったものでしょうか。

この句は事実どちらにもみられるほどに双方ともに重きがおかれているのでありま

す。とりもなおさず双方がしっくりと合って互いに客となり主となり渾然《こんぜん》として一つの感じとなっているのであります。すなわち旅人が草臥れて宿を借りようとする時の淋《さび》しい、しかしながら静かなゆとりのある心持と、藤の花の美しい、しかしながら静かな淋しい心持とがあたかも互いにその心持を説明しあっているようによく調和しているのであります。

耕や世を捨人の軒端まで　大魯《たいろ》

大魯というのは蕪村の高弟の一人であります。

以下の引例はすべて天明《てんめい》時代の人々の方に移ります。「耕」というのは「畑打」と同じことなのであります。元禄《げんろく》時代ではまだこういう文字は使わなかったようですが、天明に至って蕪村一派の漢語癖から好んでこういう文字を使うようになったのでありります。元禄、天明の間には前にも申しました通りおよそ百年の間隔があります。

さて句意は、百姓が畑を打っている、そこに世を捨てた人が庵《いおり》を結んで住まっている、その人の軒端まで打って行ったというのであります。軒端まで打つというのはちょっと変に聞こえますが、その庵の塀もしくは垣まで打って行ったというのと大同小異であります。塀もしくは垣というと何だかその家に囲いなどがあって相当な構えのうちらしく捨人《すてびと》の庵という心持がしない、軒端まで打って行ったというのでいかにもあらわな規模の小さいその庵の様が思いやられます。この上さらに一鍬《ひとくわ》加うればもうその庵の軒端を切りかきもしそうな心持がします。

「耕や」というのは現在の言葉でありますが、しかし俳句では必ずしも現在の言葉で現在を表わすものとは限っておりません。句全体を見渡した場合、これは現在の言葉ではあるが過去を表わしたものと見る方が妥当だというような場合も往々にしてあるのであります。

しかしこの句はやはり現在のものとする方が普通の解でありましょう。

俳句の文法は普通に我等の使っている言葉の用法に従って、それで格別の不都合は生じないのであります。（21）

ただなるべく簡潔に叙する必要から普通の文章や言葉にくらべて文字の省略が行われます。そのため一見破格となりあたかも俳句特別の文法があるかのごとくみゆるのであります。ことに「や」「かな」その他の切字は俳句特有の意味をさえ有するようになっているのであります。その、

切字については別に論ずるところがありますが、切字以外の文法は格別論ずる必要もないことと思います。(22)

芭蕉の弟子のうちに、支考《しこう》という男がおりまして、俳句の文法などを講じ、当時の無学な俳人共を煙に巻いて以来宗匠の中にはとかく俳諧《はいかい》文法論が盛んでありますが、私は全然これを無用のものとして排斥します。(23)

そうしてここに一つ断案を下しておきます。

九　俳句の文法といって特別の文法は存在いたしません

この句における季題の用いられ方はやはり「耕」という季題のある特別の場合を叙したもので、同時に季題の性質のある点を説明した形になっているところが鶯の句に似ています。

初午《はつうま》や足踏れたる申分　召波

召波の名は前に一度出ました。蕪村高弟随一人であります。もっともよく蕪村に親《しん》炙《しゃ》した点においては几董に似ていますが、俳句の技倆からいったら几董以上といってもいいかと思います。ともかく、几董、召波、大魯あたりはあまり力に甲乙のない天明時代の作家であります。

さて句意は、初午すなわち二月の最初の午の日には、稲荷神社はもとよりのこと、大名その他大きな邸宅の中にある稲荷《いなり》にも多くの人が参詣《さんけい》するのでありますが、ふと足を踏まれた。武士として人に足を踏まれたとあってはだまっていることはできん。そこで「なぜ足を踏んだ。」ととがめ立てをするというのであります。召波はたしか武士であったはずであります。

この句の初午という季題の使い具合は、前条の畑打などと大同小異であります。

次に最後の時候に移ります。

元日の酔詫に来る二月かな　几董

几董のことは前条に申しました。

句意は元日に年始に来て大変酔っぱらって失礼をした——何か落度でもあったので

あろう――と言って二月になってから詫びに来た、というのであります。

この句の季題は「二月」であります。「元日」も季題でありますからその点からいうと季重なりでありますが、しかしこの場合は前の「梅一輪」の句などほどにも季重なりの感じがしません。「元日」は季のものでありながらこの場合「季」の感じはほとんどなくなっています。そこでこの句も「二月」のある事実を叙したのであって、前の「耕」の句などとはやはり大同小異であります。

長閑《のどか》さや早き月日を忘れたる　太祇

太祇の名前も前章に出ました。太祇はその節も申しました通り蕪村より先輩であり、几董、召波あたりより手腕も一等上としなければなりません。天明においては蕪村についでの俳家であります。

句意は春の日の長閑な趣をいったので、烏兎《うと》匆々《そうそう》といったり、光陰如矢《こういんやのごとし》といったりするその早い月日をこのごろは気候の長閑なので考えもせずにいたというのであります。

季題の用い具合は春の水などと同様その季題の特質を叙したものであります。

以上で天文、地理、動物、植物、人事、時候各二句宛の例句について季題がいかに句に用いられているかということについての説明を試みました。

さてその説明からおよそ三通りの用い方に分類することができます。

第一は季題が主題となっている場合——「春の水」「春の氷」「鶯」「耕」「初午」「二月」「長閑」などの句の場合

第二は季題が重く用いられる場合——「春雨」「藤の花」

第三は季題が比較的軽く用いられた場合——「東風」「鷲の巣」「梅」

まず以上の通りであります。もっともこう分類するということは実は少々無理なことで、解釈のしようによれば、軽く用いられたものも重く用いられたものとみられぬこともなし、また重く用いられたというものも主題として用いられたものとみられぬことはないのでありますが、まず大体においてこう分類することもできると思います。私は本章の初めにおいて（16）で申したように、俳句は季題を詠ずる文学なりと断定を下してしまってもいいのでありますが、しかし以上のように同じ季題であってもその用い方に軽重がありますからいま少し広汎《こうはん》な意味のものとしたいのであります。そこで私は第一章総論の節（第四）において「俳句には必ず季のものを詠みこみます」という断定を下しておいたそれをやはりそのまま保存する必要をみるのであります。ことに明治以後の句になりますと、中にはだんだんと季題を軽く用うる傾向を現わしてきて季題はまったくの副《そえ》ものとなっているようなものを往々見るようになりました。そういう場合に（16）のように「俳句は季題を詠ずる文学なり」とすることは多少無理ともなりますから、最も普通の俳人仲間の用語に従って「詠みこむ」という言葉を使っておいたのであります。

しかしながら事実季題を軽視する句が往々にしてあるにかかわらず、なお全然季題を軽視することのできない点に俳句の生命があるのであります。もし俳句の趨勢《すうせい》がいよいよ進んで

まったく季題を閑却する時がきたらそれはもう俳句ではなくなるのであります。

（24）

ここが最も大事なところであります。俳句はどこまでも季を詠みこまなければなりません。たとい多少季題を軽視するような場合があってもどこまでも季題を詠みこむということが俳句の一大条件であります。

なお明治以後の俳句がいかに季題を取り扱おうとしているかということについて簡単に一言を費やすつもりですが、それはこの季題の項ではわざとはぶさます。

第三章　切　字

この小講義には少し長過ぎるほど季題のことをお話いたしました。それは俳句には季題ほど大事なものはないからでありました。もし俳句から季題を取り去ったらそれは俳句そのものでなくなるのであります。ちょうど砂糖から甘味を取り去ってしまったら砂糖そのものがなくなってしまうのとおなじことであります。

その季題に次いで大切なことは何でありましょう。やはり古人も申した通りそれは切字であると私はお答えをいたします。

切字のことをいうとすぐ俳句の文法と言いたがる人がありましょう。切字を説くならなんでその根本に遡《さかのぼ》って俳句の文法を説かぬかというでしょう。私は（21）においてすでに大体の意見を申し述べた通りそういうことをいう人は形式上の完備を必要とする人で実際には甚だ迂遠《うえん》な人だと考えます。

私は俳句の文法というようなものはどこまでも軽蔑《けいべつ》します。そうして（九）および

(21) でも申した通り、俳句の文法を検《しら》べたければまず普通に話す我等の言葉の文法からしてお検べなさいと申し上げたいのであります。文法は軽蔑しませんが特に俳句の文法といってことごとしく論をやる人を軽蔑するのであります。そうして俳句として文字の駆使の上にやや特別な切字のことをこの章においてお話し申し上げようと思うのであります。

さて切字とはどんなものでありましょう。その主要なものを一、二あげてみますれば、「けり」「なり」「あり」「たり」「れり」「や」「かな」などの類《れぐい》であります。まずこれらの切字を実例について検べていってみようと思います。

菊を切る跡まばらにもなかり**けり**　其角

其角は前にも度々出たことのある人であります。

この句の場合「けり」を切字と申します。すなわちこの「けり」という文字によって一句の意味が切れる――終末を告げる――というところから切字という名前が起ったものと思います。

庭に菊畑がある、その菊を自分の家の花生《はないけ》に生けるためにか、もしくは人にやるためにかとにかく三本なり五本なりを切った、何だか庭の花の多くの部分を切り取ってしまったかのような心持がするのであるが、さて振り返って眺めてみると依然として菊花壇は菊花壇で、別にあとがまばらになったようにも見えないとこういう句意であってこれを俗語に訳してみると「……跡が格別まばらでもありませんでした」というくらいの意味であります。そうすると「けり」という文語体の切字は極めて卑近な「でした」という口語体の助辞ということにすぎないのであります。

次に、

鉢たゝき来ぬ夜となれば朧**なり**　去来

去来も其角同様もはや読者諸君の旧知のはずであります。

この句の場合「なり」を切字と申します。この「なり」という文字によって一句の意味が切れることは前句の「けり」と同様であります。

鉢たたきというのは京都にあるもので、旧暦の十一月十三日から四十八夜の間瓢簞《ひょうたん》をたたき空也《くうや》念仏《ねんぶつ》を唱えて歩くもので、極めて卑近な行《ぎょう》をして俗衆を教化しようとした空也上人の衣鉢《いはつ》を伝えたものであります。その鉢たたきが来ぬようになるともういつの間にか春らしくなっていて夜の景色が朧である、というのであります。切字「なり」も俗語に訳してみると、「である」という極めて普通の助辞ということにすぎないのであります。

次に、

梅咲いて人の怒の悔もあり　露沾《ろせん》

この作者は初めて諸君の眼に触れたことと思います。「あり」が切字であることは「けり」「なり」の類と同様であります。あるいは「もあり」を切字とみてもさしつかえありません。

あることについて非常に腹をたてた。が、ふと梅の咲いているのを見ると、その腹をたてたということが後悔されるようになったというのであります。また冬の寒さのまったくとりきれない春先にあって、枯木の梢《こずえ》に清香馥郁《ふくいく》たる白い花をつける、痩《や》せて気高い聖賢に接するような様を見ると、つまらぬことに腹をたてたのが恥ずかしくなる、というのであります。自分の悔いる心持をいったのでありますが、それを一般の人に当てはめて、梅の咲いたにつけてそこにいろいろのことがあるが、そのうちに人の怒りを後悔するということもあると、わざとよそよそしく言ったのであります。「もあり」もこう話して言ってみると何でもなくやはり「もあります」という普通の用語ということに帰着するのであります。

次に、

秋の空澄たるまゝに日暮たり　亜《あ》満《まん》

「たり」が切字であります。

秋の空は春や夏にくらべるといかにも心地よく澄みきっているものであります。冬も澄んではいるが、しかし冬になると寒さが強くって、また水気がなくなりすぎて、草木の枯れたのと同じように、大空もからび果てたような気がする、秋はそれに反し気候もよくことに春夏のよどんでいたあとをうけて初めて清透に澄み渡るので、澄むという心持が冬よりも強い、これが特に秋の空の澄み渡るのを賞玩《しょうがん》するのであります。

ちょっと途中ですが、ここで一言しておきたいのは前にも（11）でことわっておきましたように、俳句の季題には事実ということよりもむしろ感じということを主としてきめたものが多うございます。すなわち事実からいうと一番日が長くって夜の短いのは夏でありますから「日永」「短夜」共に夏の季題とすべきでありますが、その「日永」の方は春の季題になっています。というのはだんだんと日の永くなってくる時の方が日の永くなった頂上よりもかえって「日永」という感じを強く受けるし、その上夏は暑さに苦しんでその日永の心持を味わういとまがないのに反し、春は長閑《のどか》に快適にその心持を味わうことができるところから自然春季のものとなっているのでありますから。これは何も俳句が特にこうきめたというわけでなく、人間の感情が自然自然にこういうふうに天然の興味を受け入れるのであります。夜長の方も同じことですでに「短日」を冬とする以上「夜長」も冬であるべきであるが、夜長の感じはかえって秋において強いのであります。

いま一、二の例をあげてこの心持をもっと明瞭《めいりょう》に説明しておこうと思います。たとえば藤の花と牡丹《ぼたん》のごときはほとんど同時に咲きます。東京の電車の中の広告を見ましても亀戸《かめいど》の藤の案内と四ッ目の牡丹の案内とは同時に出ます。それにかかわらず俳句では藤の花を春季とし牡丹の花を夏季とします。いずれも晩春初夏にわたるものでありまして、甲を春とし乙を夏とすることはあまり片寄りすぎた定めのように思われますが、しかしその花の性質からして、淋《さび》しい紫や白の房の長く垂れている藤の花の趣は春季の感じ、濃艶《のうえん》な花弁を豁然《かつぜん》と開いている牡丹の花の趣は夏季の感じとこうおのずから区分されるのでありまして、必ずしも某々二、三俳人が合議の上で無理にこう定めたものでなく、自然の感じがおのずからこの分類を作るのであります。

俳句においてはまた瓜《うり》類の花を夏季とし実を秋としているのであります。実際においで花も実も夏季においてすでに見ることができ、秋になってもまた同様盛んに見ることができるのであるのになぜに特に花を夏季として実を秋季と定むるか、試みにこういう質問を提出した場合、花まず開いて後に結実するからだと答えるばかりではまだ十分を尽くしたものとは申されません。これは私が鎌倉に移住して後実際の南瓜《かぼちゃ》や瓜を作ってみていちじるしく感じたことでありますが、夏季に至っては瓜や南瓜は黄色い大きい鮮やかな花がまず我等の眼に染みるがごとく映じ、たとい葉隠れにたくさんの瓜や南瓜がなっていてもその方はあまり人の心をひかないのであります。ところがいったんそれが秋に入ると、花は夏よりも一層盛んに咲くにかかわらず、もうその花はあまり強く人の眼を刺激せず、むしろ末枯《うらが》れそめた葉蔭に露わに姿を現わしている瓜や南瓜の方が多く心にとまるようになるのであります。もし歳時記――俳句の季題を集めた書物――を見たばかりで瓜類は夏に花が咲き秋になって初めて結実するものだなどと考えている人がありましたらそれは大変な間違いと申さなければなりません。

あまり長くなりますがいま一つ申そうなら、かの時雨と紅葉とでありますが、和歌をみますると大概時雨が降ったために木の葉が染まって赤くなる、という意味になっています。たとえば、

白雪も時雨もいたくもる山は下葉のこらず紅葉しにけり
足曳の山かきくらし時雨るれど紅葉はなほぞ照りまさりける

とある類であります。また事実から申しても時雨の降るころに山々の紅葉はだんだんと染まるのであります。蕪村の句に「時雨るゝや用意かしこき傘二本」という句がありますが、一本には「紅葉見や用意かしこき傘二本」となっています。これらも「用意かしこき傘二本」という事柄を共通に考えた点において時雨と紅葉とを切り離し得ない蕪村の感情を説明しています。ところが俳句にあっては截然《せつぜん》その間に区別をおいて――そうしてむしろ時雨をあととし紅葉を先として――紅葉を秋季、時雨を冬季と

しています。しかしこれもまた事実いかんは問わずにおのずからこう定められるようになった人間の感情の強い支配があることを忘れることはできません。というのは、紅葉は木の葉の凋落《ちょうらく》する前の一現象であって、やがてそれは枯葉となってからからにからびて地上を転げるものでありますが、その赤くなったり黄色くなったりして山々を染めている景色は燈明《とうみょう》の消えんとする前に明るい光を放つのと同じように、いかにも花やかに——淋しい心持がつきまといながらも——美くしい光景である、それはからびた白い冬の感じというよりもやはり稲の黄熟などと相似た——黄色をもってその感じを抽象せしめる——秋のものとする方がふさわしいことになるのであります。同時にまた時雨の方は、その油気の抜けたからびた心持のする、たちまち降ってはたちまち晴れるというような倏忽《しゅっこつ》の感じなどが、秋よりもむしろ冬のものとして格別の興味のあるところから、歌などに用いられたものと多少の意味の転化をさえとげて俳句においては冬のものとして用いられるようになっているのであります。これも俳人の勝手な定めとして非難するよりも、むしろ天然物——天然の現象——について俳句は和歌よりも一歩深いところに足を踏み入れているものと考えなければなりません。

以上二、三の例のように俳句は必ずしも事実ということに重きをおかず、感じということに重きをおいてその趣味を歌うことが多うございます。これも囚《とら》われ過ぎるようになると随分弊害が多うございますが、しかし文学と科学との相違もここにあるのであって、事実にのみ支配されず人間の感情を尊重するところに詩としての価値もあるのであります。

思わぬ枝道に長くはいりましたが、(11)で約束しておいたことでもあり、この機会をもって申し上げておく次第であります。

天然の現象について実際の研究を積んでいくということはだんだん季題の感じを精密にしていっていよいよ分科を多くしていくであろうと思います。(25)

季題趣味を軽視するということはこの点からいっても俳句を賊するものであることを忘れることはできません。

もとに戻って秋の空の句意の説明を続けましょう。

前申した通り秋の空は一年中でことに澄んだ感じのするものでありますが、この句意は、その秋の空が澄みきったままで昼から夜に移って行ったというのであります。いわゆる黄昏の空はまだ太陽の光はどことなくとどめているのにはや闌干《らんかん》たる宵の明星は光を放っているというような、昼間の澄んだ空のそのまま夜に移ってゆくその黄昏の光景がこの句によってよく想像されるのであります。

「日暮たり」も口語訳にすれば「日が暮れました」になります。これも切字といったところで、特別に変わった言葉でもないのであります。

次に、

見えそめて今宵になれり天の河　鷺喬《ろきょう》

「れり」が切字であります。

天の河はもう夏から空に見えている、それがだんだんと月日がたっていよいよ七夕の夜になった、すなわち天の河は特に今宵のものであると定まっているその夜になった、というのであります。

この「今宵になれり」も「今宵になりました」の意味でやはり従前の切字同様に変わった言葉でもないのであります。

こういってくると読者諸君は定めて切字は季題趣味に次いで大切なものであるといった私の言葉を不審とされるであろうと思います。「おまえの説明し来ったところでみると切字というものは少しも普通の文章や会話の用語と変わったところはないではないか、俳句の文法が普通の文法と変わらぬといったくらいならなぜ俳句の切字も普通の言葉と変わらぬとはいわぬのか。」と必ずこう非難されるだろうと思います。そうして私はそれに対してこう答えようと思います。

おおせの通りであります。切字と申したところで何も特別な語法があると申すのではありません。(26)

我々が日常話しする時に必ず「です」とか「ました」とか語尾に助字をつける文章でも「なり」とか「たり」とか必ず語尾に助字をつける、そうしてそれで一語なり一句なりの調子ならびに意味に段落をつける、それと少しも相違はないのであります。以上あげたものはほんの一部分の例証でありまして、これらの「けり」「なり」「あり」「たり」「れり」が主要な切字というわけでなくその他にこの種類のものはいくらでもあるのであります。言をかえてこれをいえば普通に文章や会話で使う段落の文字は皆切字になるのであります。たとえば、

貴人《あてびと》と知らで参らす雪の宿　之兮《しけい》

冬籠燈光虱の眼《まなこ》を射る　蕪村

夏の暮煙草の虫の咄《はな》し聞く　重厚

星合のそれにはあらじ夜《よ》這星《ばいぼし》　左綱

のごとく、文法でいうところの直説法の動詞止めもあり、

凍《いて》やしぬ人転びつる夜の音　鷺喬

のごとく疑問体で止めもあり、

去年より又淋しいぞ秋の暮　蕪村

飛ぶ蛍蠅につけても可愛けれ　移竹

唐辛子つれなき人に参らせん　百池

のごとく感嘆詞めいた言葉もあり、

巻葉より浮葉にこぼせ蓮の雨　杉月

辻君に衣《きぬ》借られな鉢叩　旧国
夙く起よ花の君子を訪ふ日なら　召波
うき我に砧《きぬた》うて今は又止みね　蕪村

のごとく命令体のものもあります。「うき我」の句は「うて」

という命令詞と「止みね」という命令詞とがともに切字になっているのでこういうのを、

二段切と申します。(27)

前掲の諸句は一々句意を説明することはあまり煩雑にわたるから略するとしてこの句だけを解釈してみますれば、前半は憂いを抱いている自分にどうか砧を打ってくれ、淋しい砧の音を聞いて思いっきり淋しさを味わってみよう、とこういうので、憂いを抱く身に悲しい芝居を見て泣きたいだけ泣くと心が慰むというのと同じ心持をいったのであります。ところがさて実際砧を聞いていると、心を慰むどころか憂いに堪えぬ、今はもう止めてくれ、というのが後半であります。「打ってくれ」というのと「止めてくれ」というのとは正しく意味が二度に終止しているのであります。二段切といってたいそうな議論をする俳人がありますが、つまり一句のうちに二度終止言があるというのに過ぎないのであります。
以上の例によってこういう断定を下し得るのであります。

十　俳句の切字というものは意味かつ調子の段落となすものであります。

私は第一章で簡単に切字のお話をした時に、

朝顔に釣瓶取られて貰ひ水　千代

を切字のない句としてだしておきました。これに似た句はたくさんあります。

蓮に誰小舟漕来るけふも又　如菊
小車の花立伸て秋曇　東壺
夏の月平《へい》陽《よう》の妓の水衣《みずごろも》　召波
谷紅葉夕日をわたる寺の犬　烏西

等がその例であります。しかしながらこれらは切字がないといってもよくまたあるといってもいいのであります。まず第一の句は、

蓮に誰（ぞや）小舟漕来る今日も又

という意味になるので、近頃の文章で「誰？」と西洋のマークのついているものにちょうど相当しているのであります。すなわちこの句では「誰」という字が切字の働きをもしている、ともみることができるのであります。

第二の句は、

小車の花立伸て（あり）秋曇

もしくは、

小車の花立伸て秋曇（かな）

というふうに切字が略されているものとみることができ、従って「立伸て」「秋曇」等が切字の働きをもしていると言ってよいのであります。

第三、第四の二句もこれと同様に、

夏の月（や）平陽の妓の水衣

谷紅葉（や）夕日を渡る寺の犬

もしくは、

夏の月平陽の妓の水衣（かな）

谷紅葉夕日を渡る寺の犬（かな）

というふうに切字が省略されているものと見、従って「月」「水衣」「紅葉」「犬」等が切字の働きをもなしていると言ってよいのであります。

ここにおいてか、人によると、

俳句には必ず切字がある、とこういう断定を下す人もあるのでありますが――ちょうど人間の談話には必ず調子及び意味の段落があるというのと同じ意味で――しかし前掲の「誰」「立伸て」「秋曇」「月」「紅葉」「水衣」「寺の犬」の類《たぐい》は切字同様の働きをなすことはなすが、しかしそれ自身が切字ではない、とみる方が穏当でありますか

ら、やはり第一章の（五）において申し上げたように、

「俳句には多くの場合切字を必要とします」という方が適切だと考えるのであります。(28)

ただ、

その切字のない俳句にも名詞その他によって自然に調子及び意味の段落はある。(29)

ということをわきまえておく必要はあります。実際の会話の場合においても「立派な花」「困った人」というように「です」という助字をはぶいて十分に意味を通ずることができる、それとおなじことなのであります。

さて私は前に切字として「や」「かな」の二つをあげておきながらまだその説明をしませんでした。この「や」「かな」の二つは切字中においてもっとも普通にまたもっとも広い意味に用いられるものでありまして、

俳句の切字として特に論ずべきものは「や」「かな」の二つのみといってよいくらいであります。(30)

これから例を挙げて解釈に移ろうと思います。

もっともそうは申すもののその「や」「かな」を極めて難解な意味あるもののごとく論じて、平易な俳句をかえって晦渋《かいじゅう》ならしめるような議論は私の取らざるところで、意味を解釈する上においては決してそう難しくはないのであります。そうすると特に論ずる価値があるというのはどういうことかというと、それは切字としてのその自由なる働きの上にあります。

出《で》替《かわり》や幼ごころに物あはれ　嵐雪

句意は下部《しもべ》なり下女なり、いずれにせよ召使っているものが期限がきて出がわりをする、何もわきまえぬ子ども心にも多年召使っていたものの去る、それがもの哀れに感じられるというのであります。

この場合「や」の字の働きはどうかというとそれは別に「や」に感嘆とか嗟嘆《さたん》とか疑問とかいう意味があるわけでなく、「出かはり」というある事柄のその観念を極めて強く人の頭に印象せしめる働きを持っているのであります。試みにこの「や」の字によって与えられる強さを説明してみると、「出かはりは幼心にもの哀れ」といっただけではただ出かわりが文章の主格となるだけでありまして「出かわりというものは」というくらいの意味になるのでありますが、それがこの句の場合は、「出かわりというものがあります、その出かわりは」とでもいったくらいの強さを持っているのであります。なお私は進んで説明を試みてみましょう。ここに一人の政治家があって演壇に立って政府の横暴を鳴らそうとしてまず現政府という感じを強く読者の頭に呼び起こそうとする時分に、その政治家は、「諸君。現政府は……」といったままで、呼吸をつめて聴衆を睨《にら》みながら二、三分間黙っていたとしたらどうでしょう。それは「現政府は人民に対して……」とか何とかすらすらと弁じ立てるよりも遥《はる》かに強く現政府というものについての意識を聴衆の頭に呼び起こします。もし聴衆の方にも現政府に向かって十分の不平がこみ上げてくるような場合であったならば、かえってその先きに無用の文句を並べるより、ただこういったままではらはらと涙でも流して団洲《だんしゅう》式の思い入れでもした方が聴衆は湧きたつかもしれないのであります。前の説明の「ここに出かわりというものがあります。その出かわりは――」というよりもなおこの政治家の演説のごとく「出かわり」といったばかりでしばらく黙っていて、それで出かわりについていろいろの感想をまず読者の頭に呼び起こすといった方が「や」の字の働きを説明する上において比較的要領を得るかもしれません。
いま一つ例句をあげましょう。

春風や殿待ぅくる船かざり　太祇《たいぎ》

句意は、まず下十二字は、殿様のお乗りになる舟というのでいろいろと美しく飾りたてて、その御乗船を待受けている、というのであります。さて上五字はどうかというと、ここにも「や」の字があるために春風というものに付随するあらゆる感じをまず読者の頭に呼び起こしておいて、さて下五字の景色をその中に浮かび出さしめるのであります。これを「春風の吹いている日に」とか「春風の吹きみちている中に」とかいっただけではまだ十分にこの「や」の字の働きを説明したものとはいうことができません。そういう限られた意味でなく、春風について起こし得るあらゆる感じを呼び起こすところに「や」の働きはあるのであります。
次に「かな」の方に移りますが、これもほとんど「や」と同様の説明になるのであります。

呼かへす鮒売見えぬあられかな　凡兆

句意は、まず上十二字は、鮒売が表を通った、一度買う談判をしたが値ができなかったとか何とかいうことでその鮒売はもう行ってしまった。あとからいま一度表に出て呼びかえしてみたが、その鮒売はもうみえなかった、とこういうのであります。さて下五字はというと、これも「霰《あられ》が降っている」とか、「霰が降っていて寒い日である」とか、もしくはその「鮒売を降りかくす程たくさんの霰が降っていた」とかいうのではまだ十分に意味をつくしたとは申されません。やはり「かな」という字によってその時の光景を極めて自由にかつ十分に読者に連想せしめようとするのであります。すなわち「霰の降っている寒い日である」とか、「霰のために鮒売が見えぬ」とかいうのは読者の方がめいめい勝手に連想をめぐらしているのであって、「かな」という字は一向それらに頓着なく、突き棄てた梵鐘《ぼんしょう》の余韻のようにただ長く長く響きを伝えているばかりであります。

いま一つ。

はし近く涅《ね》槃《はん》かけたる野寺かな　樹《じゅ》鳳《ほう》

お釈迦《しゃか》様の死んだ日には涅槃像といって釈迦の死んだ周囲にさまざまの鳥獣までが集まって涙を流している図をかけて参詣《さんけい》の人に見せるのでありますが、その涅槃像を端近くかけている、その野寺……とこういうのであります。大きな寺なれば奥深くもかけていましょうが、百姓家かお寺かも判らぬというような野中の小寺のことでありますから端近くかけているのでありましょう。この句もその野寺がどうしたというようなことは別にことわらず、ただ野寺といって、例の梵鐘の響きのような響きをただゴーンと伝えているばかりです。この句を誦したあとで読者は野寺というものを左の耳から入れて右の耳にぬかしてしまうようなことなく、じっとその光景を考えてみます。それが「かな」の働きであります。

新しい句を作るのはまずこの「や」「かな」を排斥しなければならぬ、という論者がありますが、私はその説を嗤《わら》います。

「や」「かな」は俳句としてもっとも進歩した、この上発達のしようがないまでに広い自由な意味を有するようになった切字でありまして、同時にまた俳句としてもっと

も荘重な典雅な調子を有している切字なのであります。(31)

この間ある人がきて「や」「かな」を排斥する論者は言語の退歩を主張する論者である、と申しましたが、私はその議論に賛成します。

十一　「や」「かな」は特別の働きを有する切字であります

「けり」その他の切字も時によれば「や」「かな」に近い働きをすることがあります。「りにけり」というように虚字の長くなった場合は特に「や」「かな」に近い働きをいたします。たとえば、

宿の梅折取るほどになりにけり　蕪村

というような句は「宿の梅折取るほどになり……」という一個の概念をそのあとの虚字によって力強く読者の頭に運ぶのであります。

切字の論はこれで終わりといたします。「や」「かな」あることによって切字論は俳句とはどんなものか、の重要なる一章を占めるのであります。

第四章　俳諧略史

俳諧史《はいかい》のお話をするとしまして、あなた方は俳諧略史を御存じになるだけでたくさんと心得ますからもっともおおまかなお話をいたします。

真っ黒なページをまず想像なさいまし。その暗いページを明るくすることは専門家のことであります。暗いページは暗いページとしておいてさしつかえありません。

その暗いページの中にたまたま明るいところがあってそこに山崎宗鑑《やまざきそうかん》とか荒木田守《あらきだもり》武《たけ》とか松永貞徳《まつながていとく》とか、西山宗因《にしやまそういん》とかいう名前が見えます。

山崎宗鑑という人は、優美な和歌の言葉を連ねてただ格式をのみやかましくいっていた連歌から脱却して、俳諧連歌を創設したという点において有名な人であります。

(32)

たとえば昔の連歌では、

船とめし枕は秋のうら浪に　紹巴《じようは》
月を旅寝の袖のかたしき　同

といったようなものであって、この二句は紹巴独吟千句中の二句を抜き出したのでありますが、連続している千句中のどこの二句を抜き出してきてもそれは和歌とほとんど相違のないものであります。がいったん宗鑑の俳諧連歌になりますと、

月日のしたに我は寝にけり　宗鑑
こよみにて破れをつゞる古襖　同

というようなものになっています。表向きは連歌の形を追って比較的優美な言葉を使っていますが、裏面には卑俗な意味を表しています。暦を張った襖の下に寝ているから月日の下に寝たことになるのだというのはなるほどうまく言ったという程度の機智の戯れに過ぎないのでありますが、しかし言葉なり趣向なりを「優にやさしい」ということのみを旨とし、古人の範疇《はんちゆう》を一歩も出なかった連歌を突破してこんなものを創設した点には大きな功績を認めなければならぬのであります。

ちょっとことわっておきますが第一章でも申し上げたように発句《ほっく》すなわち俳句というのは、五七五の句と七七との句がかわり番に何句か連続している連歌もしくは俳諧の一番初めの句をいうのでありまして、連歌が、俳諧の連歌に変遷したと同時にその発句も変化しています。たとえば、

月の秋花の春立つあしたかな　宗祇

というのは連歌の発句でありますが、俳諧連歌の発句になりますと、

卯月来てねぶとになくや時鳥《ほととぎす》　宗鑑

というようなものになっています。四月になったから大きな声をして時鳥が啼《な》くというのは表面の意味で、そのうらには「痛《うず》き来て根太《ねぶと》」――ねぶとは腫物《はれもの》――という滑《こっ》稽《けい》が含まれています。悪くいえば地口でありますが、しかし変化といわなければなりません。

荒木田守武という人も宗鑑とほとんど同時代に出て連歌を脱却して俳諧を創設した別の一人であります。(33)

その俳諧連歌は、

口の中にも入るは山ぶし　守武

かねをだにつくれば人ははぐろにて　同

山伏が祈禱《きとう》をすれば人――もしくは鬼――の口の中にでもはいることができる、というのが前句の表面の意味、鉄漿《おはぐろ》さえつければ人の歯は黒くなるというのが後句の表面の意味でありますが、この二句のうちには「羽黒山の山伏」「鉄漿をつける時に用いるふしの粉」などというものが隠れて滑稽的に用いられています。その発句は、

花よりも鼻に在りける匂ひ哉　守武

花に香があるというけれど、それは畢竟《ひっきょう》鼻で嗅《か》ぐからのことだ、匂いは鼻にあるのだという理屈が表面の意味であります。それは「はな」「はな」国音相通ずるところが一句の趣向でそこが洒落《しゃれ》になっているのであります。

守武と宗鑑とをくらべるとその間に相違も見出されますが、しかし大体似よったものとしておくことが俳諧史の概念を作る上にはかえって必要であります。

私は昔の連歌のことは、以上引き合いに出したこと以上には申し上げません。いったん出た紹巴や宗祇などいう名前ももう一度墨で塗って暗黒のページのうちに葬ってしまいたいと思います。また宗鑑、守武時代にあっても二人の名前だけを明るくしておいてその前後はことごとく暗黒のページとして放置しておきたいと思います。が、**守武、宗鑑の死後しばらくして松永貞徳の名前がまた明るく暗黒のページの中に見出《みいだ》されます。**（34）

貞徳は先輩二人の創設した俳諧を継承してさらにこれを多くの弟子に伝えたという点に功労があるのであります。その弟子の中に北村季吟《きぎん》という名が薄明るく見えます。季吟は国学者として松尾芭蕉の師匠であります。

季吟の名も再び暗黒のページ中に埋没してしまいましょう。貞徳の多くの有名な弟子はことごとく暗黒裡に放置しておきましょう。

やがてまた暗黒のうちに明るい一つの名を見出すものは西山宗因という名前であります。（35）

宗因は守武、宗鑑、貞徳などの創設し継承した俳諧連歌にさらに一変化を与えて新たに談林風の俳諧を創設しました。その俳諧は、

しかたばかりおし肌ぬいで十文字　宗因
かしからやってさます借銭　同

本当に腹を切るわけではなくただ仕方ばかりをするので肌をおし脱いで十文字にかき切る、しぐさをしてみるというのが前句の意味、後句はそれを受けてそんなことをして賢くも借銭の口を一時逃れをするというのであります。宗鑑、貞徳時代よりももっと突き進んで俗世間の人事を材料にしているということ、またそれを叙するのに純粋の俗語を使用しているということなどは大いに注意すべき点であります。発句は、

蚊柱やけづらるゝなら一かんな　宗因

宗因の発句にはこの他にもいろいろの種類のがありまして貞徳時代のようなものもあり、また後年の芭蕉時代に似よったものもありますが、まずこの句のごときが彼の程度を代表したものといってよかろうかと思います。蚊柱が立っている随分大きな蚊柱だ、柱という以上は一かんな削ってやりたいというのであります。柱に対してかんなを連想してくるところなどは貞徳時代の遺風をみますが、しかしとにかく大きな蚊柱

というものに着目しそれを削ってみたいというところに地口以上の滑稽があります。根太が疼《うず》いたり、匂いは花になくて鼻にあったりするのにくらべたら、いささか感情の上に一進歩を認めるべきであります。なおさらに数歩を進めている句の一例は、

西行像賛《さいぎょうぞうさん》
秋はこの法師姿の夕《ゆうべ》かな　宗因

などでありまして、これらの句になると後の芭蕉一派の句の塁を摩しているといってもいいのであります。がしかしあまり詳しくは申しますまい。暗黒！　暗黒！　大体の概念を得るためにはかえって大綱だけの明所をにぎっていくに限ります。私はここでもまた宗因の名前だけを白く残しておいてそのほか一切のことはすっかり黒暗々のうちに葬っておきましょう。

次にぱっと明るくなってくるのが松尾芭蕉であります。(36)

松尾芭蕉は俳諧をいわゆる滑稽俳諧の境地から救い上げて、寂《さび》、栞《しおり》の境においたの

であります。(37)

滑稽といい俳諧という字義は洒落ということにすぎないのであります。宗鑑、守武、貞徳、宗因等の人々は、優にやさしい和歌、連歌から別に一派の俳諧を分岐せしめるためには俗語を使用し、俗情を直叙して洒落滑稽を主としなければならなかったのでありますが、芭蕉はさらにそれを再転して、その滑稽、俳諧の奥に潜んでいる人生の寂し味に手をつけたのであります。

我が俳諧の歴史はこの時によって格段の光輝を放ったのであります。これは独り芭蕉のみの力ということはできないのであって、宗鑑以下の人々が築き上げたところのものが年月を経るに従っておのずから完成し成熟したのだともいえます。そういう見地からいうと芭蕉は時代の寵児《ちょうじ》だともいえます。が、それはどちらでもいいのであります。要するに元禄年間は俳諧史の最も明るいページであってその中に松尾芭蕉という大きな活字が特に人目にとまるということだけ御記憶なしておけばいいのであります。

灰汁《あく》桶《おけ》の雫やみけりきり〴〵す　凡兆

油かすりて宵寝する秋　芭蕉

灰汁桶が漏ってボタリボタリと音がしている、それが耳について仕方がなかったが、その音が止むとやがてきりぎりすの啼く声が聞こえ始めた、というのが前句の意味で、次の句は、この秋の夜長を長く起きていたところで別に何をするという用事のある体でもないから油を倹約するために早く灯を消して宵寝をする、というのであります。孤独な境涯にいて淋《さび》しい心持を抱いた人が閑寂な秋の夜に処する趣を、この二句は描いているのであります。前に申しのべた宗鑑以下の人々の俳諧はこれを読むと、たといプッと吹き出さぬまでも「馬鹿なことをいう」とか、「おかしなことをいったものだ」とかいう感じがすぐ起って覚えず微笑を含むのでありますが、ここにあげた俳諧になると、なかなかどうして笑うどころか、むしろ厳粛な心持で、襟元を掻《か》き合わせるような心持で、その句の描いている寂しい境地、ならびにその作者の抱いている淋しい心持に想い到るのであります。

行燈《あんどう》の引出さがすはした銭《ぜに》　孤屋《こおく》

顔にもの着てうたゝねの月　其角

はした銭を行燈の抽斗《ひきだし》に探すといったり、顔にものを着てうたたねをするといったりするのは前に申した俗情を俗語でのべたもので、和歌や連歌ではもとより思いもよらぬことなのでありますから、その点から申すと、宗鑑以下の仕事がそのままここに脈を引いてきているといっていいのでありますが、しかしこれをかの宗因あたりの俳諧にくらべてみると、同じ俗語、俗情であっても、彼にははしゃいだ滑稽な人事が多く、これには落着いた寂のある人事が多いのであります。

しかたばかりおし肌ぬいで十文字　宗因

かしからやってさます借銭　同

これを読んでみると「ははは」と笑いたくなります。それは事柄がおかしなばかりでなくそれを叙する作者が自分ではしゃいでいるからであります。其角という人は元禄時代の俳人としては比較的華奢《かしゃ》な心持を抱いた人で寂し味に生命を見出した芭蕉の弟子としては大分肌合の違った人でありますが、それでいても右の宗因の句などとくらべてみると大分真面目な点があります。ただ平板に、或《ある》人事を叙したに過ぎないのでありますが、その奥には落着いた心持が潜んでいます。そこが芭蕉一派の大きな生命なのであります。

古寺の簀《す》子《の》も青く冬《ふゆ》構《がまえ》　凡兆

古寺のことであるから何もかも古びているが、いよいよこれから冬になるというのでその支度をする、そこで簀子だけは取り替えて青くなっているというのであります。簀子の青いということは美しい派手な方面をいったのでありますが、せいぜい派手で美しいのが何かということはただ簀子の青いのだと気がついてみると、いかにその古寺の全体の光景を物古りているかということが想像されるわけであります。

海士《あま》の家《や》は小海老《こえび》に交るいとゞかな　芭蕉

かつて私は小川芋銭《うせん》君を牛久沼《うしくぬま》のほとりに訪うた時、この句のような光景はよく沼畔の海士の家で見るところだと同君が話されました。同じ海士の家でも海岸にある海士の家は浪の音の壮快さなどがともなっていてどことなく陽気なところがありますが、沼や湖のほとりの海士の家は小波《さざなみ》も立たぬ水の静かさとともに滅入るように淋しいその海士の家の軒端などに、その湖もしくは沼でとれた小海老を乾かしているところがその中に、同じく海老のごとく長い脚をしてぷいぷい飛んでいるものがあるのは何かと見ると、それはいとどであるというのであります。

鉢たゝき来ぬ夜となれば朧なり　去来

鉢たたきというのは京都の空也《くうや》念仏《ねんぶつ》の僧が瓢箪《ひょうたん》をたたいて冬の間夜になると洛内《らくない》、洛外を歩きまわり米銭を集めるものでその鉢たたきが来なくなるといつの間にか朧になって春めいているというのであります。去来は京都に住んでいたのであるから冬中その鉢たたきの音を淋しく聞いていた、それがこの句を生んだ主な理由でありますが、春の夜になって心のときめくを覚えるにつれてもこの冬中耳について離れなかった淋しい鉢たたきを思い出すところにこの作者の地味な心持が伺われるのであります。

こういう例は際限もなく挙げることができます。またたくさんの例を挙げるうちには多少例外として宗鑑以下の滑稽趣味をそのまま伝承しているものをも挙げることができるのであります。しかしそれらはこの略史には無用のことであります。ただ我等は、芭蕉を中心とする元禄の新運動は、俳諧を滑稽駄洒落《こっけいだじゃれ》の域より救い上げて、真面目な着実なそうして閑寂趣味のものに導いたということを記憶すればいいのであります。

(38)

古池や蛙《かわず》飛び込む水の音　芭蕉
初時雨猿も小蓑をほしげなり　芭蕉
何事ぞ花見る人の長刀　去来
馬は濡れ牛は夕日の村時雨　杜国
いろ〳〵の名もむつかしや春の草　珍碩《ちんせき》
水鳥のはしについたる梅白し　野水《やすい》
行き〳〵て倒れ伏すとも萩の原　曾良《そら》
子や待たん余り雲雀の高上り　杉風《さんぷう》
鬮《くじ》とりて菜飯たかする夜伽《よとぎ》かな　木節《ぼくせつ》
秋の空尾上《おのえ》の杉に離れけり　其角
なが〳〵と川一筋や雪の原　凡兆

初雪の見事や馬の鼻柱　利《り》牛《ぎゅう》

黄菊白菊その外の名はなくもがな　嵐雪

十《と》団子《だんご》も小粒になりぬ秋の風　許六

我事と鰌《どじょう》の逃げし根芹《ねぜり》かな　丈草

長松が親の名で来る御慶《ぎょけい》かな　野《や》坡《ば》

子や泣かんその子の母も蚊のくはん　嵐蘭

焼にけりされども花は散りすまし　北枝

若《わか》楓《かえで》茶色になるも一さかり　曲水

目に青葉山郭公《ほととぎす》初松魚《はつがつお》　素堂

藁《わら》積《つん》で広く淋しき枯野かな　尚白

おもしろう松笠もえよ薄月夜　土芳

行燈の煤けぞ寒き雪の暮　越人

片枝に脈や通ひて梅の花　支考

時雨来《く》や並びかねたるいさゞ船　千那

身の上を唯しをれけり女郎花《おみなえし》　涼菟《りょうと》

芭蕉及びその門下の人の名前は比較的著名な有力なものを抜いたのではありますが、このうちの若干の人に代えるに他の若干の人をもってしたところで別に不都合だという程厳格なものではありません。ただ以上の人々の名前を記憶することによって元禄時代の俳壇の中心人物を知ることができればそれで結構なのであります。

このほか元禄の作家として鬼貫及びその一派にも説き及ぼさなければならぬのでありますが、

これは伊丹《いたみ》風といってむしろ芭蕉とは違った系統に立ってしかも似よった仕事をしたというような人々であります（39）

から、大体を説くというこの講義の主義からわざと閑却することにします。いわゆる暗黒主義に基づくのであります。

小説家として有名な西鶴も、元禄の俳人として忘れさることはできないわけなのでありますが、やはり暗黒の裡に葬りさっておきます。（40）

古池の句については子規居士《こじ》がかつて「古池の句の弁」なるものをホトトギス第二

巻第一号の紙上に書いて、この句の天下に高名なのはこの句の絶対的価値によるのではなくて、この句を作った時芭蕉は頓悟《とんご》した、というその歴史的価値に基づくのであるということを詳論されました。それをここにかいつまんでいうと、芭蕉はもと宗因の談林調を学んだので、やはり滑稽駄洒落の類でなければ俳句でないと心得ていた。そうでないにしても何か一理屈いうとか、うがつとかしなければ俳句にならぬと思っていた、ところが深川の芭蕉庵にいた時に、ある静かな春の夜、庭の古池に蛙の飛びこむ音が淋しく耳についた、そこで何心なく「古池や蛙とびこむ水の音」と口ずさんだ。そうしてここだここだと心にうなずいた。今までどうも作句の上に不満足な点があった、どうかしてそこを逃れ出て新しい境地に入りたいと懊悩《おうのう》していたが、それがこの句を得たと同時に合点がいった。俳句は何も別にむずかしいことをこしらえ上げなくてもいいのである。そのままをいえばいいのである、とこう合点がゆくと嬉《うれ》しくてたまらず、この句をしきりに門人どもに吹聴《ふいちょう》した、そこで後人はこの句に何か深秘な意味でもあるかのように推して無暗に有難がることになったのであるが、何ぞ知らん芭蕉が自ら喜んだのはむしろその何の意味もないところにあるのである。しかもこれより彼の新しい道が開けていわゆる芭蕉風を完成するようになったとすれば歴史的には立派な価値のある句である……とこういう意味の解説であったように記憶しています。私はこの説は興味のある説だと考えます。芭蕉の心の奥に立ち入った深みのある解釈だと考えます。

「初時雨猿も小蓑をほしげなり」という句については其角が「猿蓑《さるみの》」の序でこういうことを言っています。

「我翁行脚《わがおうあんぎゃ》の頃伊賀越《いがごえ》しける山中にて猿に小蓑を着せてはいかいの神《しん》を入《いれ》たまひければ……」

つまり芭蕉が閑寂趣味に立脚したことを推称しているのであります。伊賀の山中で樹上にいる猿を見た時におりふし初時雨が降ってきた、その初時雨の淋しさが腸《はらわた》に沁みこむように覚えられた時自分の情を猿に移して猿も蓑をほしげだと言ったその心持に俳諧の生命はあるというのであります。

「何事ぞ」の句は花を見るのに何の必要があって長い刀をさしているのだ、無用なことだ、と伊達《だて》に長刀を帯びている人の無風流をあざけったのであります。

「馬は濡れ」の句は時雨のある地を画《かく》して降る光景をいったので、同じ一つの野でもそこにいる馬は濡れ、かしこにいる牛には日が当たっているというのであります。

「いろ〳〵の」の句は、春になっていろいろの草が萌《も》え出る、嫁菜とか薺《なずな》とか蓬《よもぎ》とか芹とかそれぞれ名があるが、それを一々覚えるのは難しいことだというのであります。

こういううちにもその春の草に親しみを持った心持があります。

「水鳥の」の句は、水鳥が水中に物をついばんだ時、そこに浮いていた梅の花がそのくちばしについた、というのであります。即景の句であります。

「行き〳〵て」の句は、曾良が芭蕉の伴をして長い旅行をしていた時、途中で腹痛を催した、その時作った句でどこまでも行ってみよう、倒れるまで行ってみよう、萩の原でもあったらそこへ倒れるまでだ、というのであります。芭蕉に対して忠実な、萩の花に対してものなつかしい心持が現われています。

「子や待たん」の句は、雲雀があまり高く上がるので、そんなに高く上がってしまっては、下の麦畑にいる子雲雀がお前の降りて来るのを待ちかねるであろうというのであります。

「鬮とりて」の句は、芭蕉の臨終前に多勢の弟子が句を作って芭蕉を慰めた、その時に唯一の医師として芭蕉の診療に従事していたのがこの句の作者木節で、医者でありながらもやはり弟子の一人としてこの句を作ったのであります。今晩夜伽をするのに空腹をしのぐために菜飯を焚《た》こうとするのでありますが、それも鬮を引いてその鬮に当たったものが焚《た》くというのであります。おそらく実境でありましょう。

「秋の空」の句は秋の空の高く晴れた景色で、山の頂の杉をもずっと離れて大空がかかっているというのであります。きわめて平明でしかも印象明瞭《めいりょう》な句であります。

「なが〳〵と」の句は、雪の原は一面に白皚々《はくがいがい》としているがその中に長々と一筋の川が流れていてそこだけ色が違っているというのであります。これまた平明な句であって極めて印象明瞭に描かれています。

「初雪の」の句は、初雪の降った時ふと見ると戸外につないであった馬の鼻柱のところに見事に白く積もっていたというのであります。

「黄菊白菊」の句は、菊はいろいろ変わり咲きもあるがやはり黄菊と白菊とに限る、そのほかの菊はない方がよいというのであります。そのほかの名のないことを望むのはやはり菊そのもののないことを望むのであります。温藉穏当《おんしゃおんとう》を好む作者の心持がよく現われています。

「十団子」の句は、秋風の吹くころ、宇都《うつ》の山を越える時に作った句でありまして、その宇都の山の名物である十団子も以前よりは小粒になったというのであります。十団子さえ小粒になったところに秋風蕭殺《しゅうふうしょうさつ》の心持があります。

「我事と」の句は、根芹を摘もうとして手を水中に入れると、そこにいた泥鰌が自分のことかと思って逃げたというのであります。丈草の句には軽みがあるといって芭蕉がほめたことがあるように覚えていますが、この句の如きもその軽みの点にとりえがあります。ただし軽みと申しても宗因時代の滑稽とは大分趣を異にしています。滑稽は滑稽でも駄洒落るのではなくて事実の描写を主としているのであります。

「長松が」の句は、丁稚《でっち》の長松が新年には親の名代でもっともらしく御年始に来る、というのであります。これもある人事のおかしみを見出したものでありますが、作者がしいてふざけたあとは少しもなく、ただ平坦に事実を叙しているにすぎないのであります。

「子や泣かん」の句は、有名な俳文「蚊を焚くの辞」の終りにある句でありまして、蚊帳の中にはいっている蚊は悪《にく》むべきである、その蚊のために子どもはくわれて泣くだろう、子どもばかりかその子の母もやはりその蚊にくわれるであろう、というのであります。

「焼にけり」の句は、北枝の家が類焼した時に作った句で、自分の家は焼けた、けれども花は散ってしまったあとであったから花は焼かなくってまあよかった、というのであります。家や財宝よりもむしろ樹頭の花に重きをおく心持をいったのであります。こういう心持をあまり誇張しすぎると陳套《ちんとう》な思想に堕するのでありますが、ただ単に事実を叙しただけに止めてあるところに淡白な趣味が保たれているのであります。

「若楓」の句は、夏の初めに楓が芽をふいて、そのはじめは茶色であるが、それも一盛りであるというのであります。若楓のある特質を見出《みいだ》して称美したのであります。

「目に青葉」の句は、夏鎌倉に来て作った句で、鎌倉に来てみると目には山々の青葉が映り、耳には郭公の鳴く声が聞こえ、口にはこの地の名産の初松魚が食えるというのであります。

「藁積んで」の句は、冬枯の野にところどころ藁が積んであるが、そのほかには目に立った林もなく人家もなくただ渺茫《びょうぼう》として淋《さび》しく広い、というのであります。

「おもしろう」の句は、芭蕉をとめた時の句で、何も御馳走《ごちそう》もなく歓待のしようもない、折節の薄月夜に、そこに七輪なり竈の下なりに焚いている松笠《まつかさ》でもおもしろう燃えたらよかろう、というのであります。

「行燈の」の句は雪の降った夕暮れに行燈を出してみると、その雪の白いのに対していかにも煤《すす》けが目立って見え、ことに寒い心持がするというのであります。「片枝に」の句は枯木に等しい梅の木にぼつぼつと花が咲いて、見ると一方の枝の方にその花は片ずんでいる、するとこれは片方の枝だけに脈が通っているのであろうかというのであります。「時雨来や」の句は、近江の湖水で取れる魦《いさざ》を漁する船が湖上にたくさん出ていたが、にわかに時雨が降ってきたので今まで静かに並んで漁していたのが急に列を乱し始めた、というのであります。一陣の風さえ添いて時雨の降ってきた時の即事であります。「身の上を」の句は女郎花の花の風情といい、また女郎花という名といい、どうやら人間の女性を見るような心持がする、その花の露を帯びてしおれている様は女性が自分の身の上を思い屈してしおれにしおれているのによく似ている、というのであります。

以上はいずれも略解でありますが前に挙げた二、三の例句の上にさらにこれらの句をあわせ考えることによって、芭蕉の下に統率せられた元禄の俳句というものがどんなものであるかということは大体おわかりになったことと考えます。

その特性をかいつまんで申せば、枯淡、情味、素朴、平明ということなどでありま

す。(41)

この時代が——ことに明るいこの時代が——過ぎ去るとまた暗黒時代がまいります。それは必ずしも事実が不明だというのではなく、例の通り暗黒のページとして葬り去って格別さしつかえのない時代だと申す次第なのであります。

ただ今申し述べた人々を中心とした時代は明るくくっきりと浮み出でておりますが、その後またしばらく暗黒であります。やがてまた第二の光の時代が我等の眼の前に展開します。

これが蕪村を中心とする安永天明《あんえいてんめい》の俳句界であります。(42)

菜の花や月は東に日は西に　蕪村
鮮《あざらけ》き魚拾ひけり雪の中　几董
宿直《とのい》して迎へ侍《はべ》りぬ君が春　月居
夜を春に伏見の芝居ともしけり　田福

南宗の貧しき寺や冬木立　月渓

うき人の手拍子の合ふ踊かな　百《もも》池《ち》

四つに折りて戴く小夜の頭《ず》巾《きん》かな　無腸

父が酔《えい》家の新《しん》酒《しゅ》の嬉しさに　召波

山吹も散らで貴《き》船《ぶね》の郭公《ほととぎす》　維《い》駒《く》

秋の風芙《ふ》蓉《よう》に雛を見つけたり　蓼《りょう》太《た》

ところ〴〵雪の中より夕煙　闌更

我寺の鐘と思はず夕霞　蝶夢

囀《さえずり》や野は薄月のさしながら　嘯山

衣更《ころもがえ》独り笑み行く座《ざ》頭《とう》の坊　暁《きょう》台《たい》

秋萩のうつろひて風人を吹く　樗《ちょ》良《ら》

初蝶の小さく物に紛《まぎ》れざる　白《しら》雄《お》

頬はれて上戸老《おい》行く暑さかな　太祇

古草に陽《かげ》炎《ろう》を踏む山路かな　大魯

うしろから馬の面出《つらだ》す清水かな　一《いっ》鼠《そ》
今朝《けさ》秋と知らで門掃く男かな　存《ぞん》義《ぎ》
霧の海大きな町に出でにけり　移竹
ぬしの無い膳あげて行く暑さかな　几《き》圭《けい》
夏を宗《むね》と作れば庵《いお》に野《の》分《わき》かな　也《や》有《ゆう》

安永天明時代は俳諧——連句——はあまり振るわなかったようであります。蕪村や几董もこれを試みているし暁台などは多少その方に志があったようでありますけれども、俳句に比べるといずれも見劣りがします。安永天明の俳句界を知るためには俳諧はしばし措《お》いてもさしつかえないのであります。

当時俳諧宗匠として世間に勢力のあった者から申せば蓼太でありましょうけれども作句の技量からいったらいうまでもなく、蕪村を推さなければなりません。蕪村の下に几董、月居、田福、百池等の弟子連があります。無腸は上田秋成で俳人として蕪村一派に交遊があったのであります。漢学者兼編纂《へんさん》者としての三宅嘯山、元禄研究者古書翻刻者としての蝶夢和尚《おしょう》もあります。

召波も几董などとともに蕪村門下の一人ではありますが、几董等よりも年齢も社会的の位置も先輩でありました。維駒は召波の子で「五車反古《ごしやほうご》」の編者であります。

太祇は前にも一度申したとおり蕪村の友人でむしろ少し先輩なのであります。蕪村の句は豪宕磊落《ごうとうらいらく》、太祇の句は人事描写、ともに得やすからざる人才であります。大魯も蕪村門下の高足であります。一鼠はかつてその著書の序文において人麿から品隲《ひんしつ》を受けたことがあるように記憶しております。一鼠に代えるに何人をもってするともたいしてさしつかえはありません。

蓼太、闌更、蝶夢、嘯山、暁台、樗良、白雄、これ等はみな蕪村の友人であってほとんど同時代に各一方において覇を称していた人々であります。また存義、移竹、几圭、也有の徒は蕪村の友人もしくは先輩で、安永、天明の復興期を導く上にそれぞれ功労のあった人々であります。

「菜の花や」の句は春の夕暮の光景でその辺一面に菜の花が咲いている、東の方を見ると白い月が出ている、西の方には山に落ちかかった夕日が赤く雲を染めているというのであります。京都あたりでよく見る昼のような景色であります。「ながながと川一筋の雪の原」とか「藁積んで広く淋しき枯野かな」とかいったような句と同様、景色そのままを描いたのであります。が、彼にくらべるとこれはなおいっそう印象明《めい》瞭《りょう》であって、それに光景そのものが派手であります。春と冬との相違があるというばかりでなく、彼は川一筋とか積藁とかを見出してそれを唯一の点景物としておりますが、これは東に月を見出し、西に入日を描いています。

「鮮き」の句は雪の上を歩いているとそこに魚が一匹落ちてあるのでそれを拾った、それは新鮮な魚であったというのであります。真白な潔い雪の上に、鱗《うろこ》の光のある肉のしまった新しい魚を拾ったというところに、気のはりつめたような快さがあります。

「宿直して」の句は、諸士《しょさむらい》の上をいったもので大三十日《みそか》の晩に御殿に宿直をして、さてほのぼのと明けはなれてみるとそれがもう元朝である、我君の春をめでたく迎えたというのであります。

「夜を春に」の句は、伏見《ふしみ》の芝居が夜を昼のようにともし連ねている、というのでありまず。「春に」といったのはそれは春の時候であるからで、昼のようにというべきを一層誇張していったのであります。景色も華やかですが技巧も大分派手になっています。

「南宗の」の句は、この作者月渓は画家としては有名な呉春《ごしゅん》のことでありまして、従って南宗という言葉も出てきたことと考えられます。すなわち冬木立の中に貧しげな寺がある、それはちょうど南宗画にみるような景色である、というのであります。冬木立の中に貧しげな寺があるというだけですと元禄時代の句にみるような枯淡な景色でありますが、南宗画にみるようなといったところに天明の特色があります。

「うき人の」の句は、平生はこちらから思いをかけていてもそれに応じないつらい人がたまたま盆踊の時には一緒に手拍子をとって踊る、その手拍子が自分の手拍子と合うにつけてもうらみはまさるというのであります。

「四つに折りて」は、夜がふけて運座などをしている時、大分冷えてきたので脱いで座右においておいた頭巾《ずきん》を取り上げて四つに折って丸い頭の上に載せる、というのであります。以上の二句のごときは元禄時代の句とたいした相違を見出しませんが、ただ繊細な巧緻《こうち》なところがあるのを多少の変化と認めなければなりますまい。

「父が酔」の句は自分の家に作った新酒であるということが特に父の心を喜ばしたので、いつもよりは大分過ごした、というのであります。我家に作った新酒を飲むその人の境遇は富めるものとも想像されますが、それを喜び飲むところにその人の積極的な楽天的なところがみえます。

「山吹も」の句は、洛北《らくほく》の貴船の宮のあたりにはまだ春の山吹が咲き残っているのに郭公の声が聞こえる、というのであります。

「秋の風」の句は、秋らしい風の吹くころ、ふと芙蓉の花の下に鶏の雛《ひな》がいたのを見つけたというのであります。鶏の雛は小さくてチョコチョコと歩いている、格別気にもとめないので気づかずにいたが気がついてみると可愛らしく美しい、芙蓉の花の穏やかな中に淋しい色のあるのと見くらべてそこに雛のいるということが秋らしい景色である、というのであります。秋風というと色のさめた蕭殺《しょうさつ》の気のあるものとのみ考えられていた元禄時代には思いつかぬ趣向であります。こういわれてみると、こんな色彩のある一面も秋風のうちに見出されるのであります。

「ところぐ〵」の句は、一面に雪の原であるが、その中にところどころから夕炊《ゆうかしぎ》の煙が立ち昇っているというのであります。

「我寺の」の句は、自分の寺を出て他の家にいる時に、入相《いりあい》の鐘が聞える、おりふし夕霞が野山をこめている、その鐘は自分の寺で撞《つ》く鐘であるが、どうもこの時の心持はそうは思えない、というのであります。

「囀や」の句は蕪村の菜の花の句と似たような心持で、野にはもう夕方の月が出て、月影が少し照っているのにかかわらずまだ春の小鳥は囀《さえず》りの声を止めずにいるというのであります。

「衣更」の句は、座頭が夏になって衣更をしてすがすがしい心持をしながら独りでにたにた笑いながら杖を力に歩いている、というのであります。

「秋萩の」の句は、萩の花はもう大分末になって花の色もさめかけた、うすら寒い風が人を吹くというのでありまして、萩の花の盛りのころは風は心ありげに萩を吹くように思えたのが、もうこのごろは萩には関係なくただ蕭条《しょうじょう》として人に吹く、というのであります。元禄時代にみることのできぬ巧みな技巧が目につきます。

「初蝶の」の句は、春になって初めて蝶の飛んでいるのが目にとまった、小さくて物に紛れそうであるがなかなかものに紛れずに飛んでいる、というのであります。繊細な句であります。

「頬はれて」の句は、酒飲みの老人のある特色を描いたもので、酒飲みは頬がだんだん垂れてくる。年とるとことに筋肉がたるんでその頬はいよいよ垂れ下がってくる、よその見る目は暑そうにみえるが、老人はなお盃を手にしているというのであります。頬の垂れることを腫《は》れるといったところに太祇的の修辞法があるのであります。元禄ではみることの出来ない人事の写生であります。

「古草に」の句は、春の初め山路を歩くと、まだ枯れたままになっている去年の草に暖かに陽炎が立つ、というのであります。

「うしろから」の句は、自分が清水をむすんでいると、後から馬が長い面をぬっと出したというのであります。滑稽《こっけい》な句でありますけれども駄洒落《だじゃれ》の句ではありません。ただ事実を描写したのであります。

「今朝秋と」の句は、あの男は今朝立秋であると知らずに門を掃いているというのであります。実際立秋のころはまだ暑くて格別それと感じるような自然の現象が起こるのではないのでありますから、特に立秋ということを知っていなければ判らずにすんでしまうのであります。門掃く男がそれを知らずにいるということが、そばにそれを知って見ている人にとっては一層立秋の淋しさを感じるわけであります。この句はその心持をいったものと思います。

「霧の海」の句は夜霧か朝霧かわかりませんが、とにかく濃い霧が一面に立ちこめて霧の海となっている、その中を歩いているうちに幅の広い大きな町に出た、というのであります。よく我等の実験する光景だと思います。

「ぬしの無い」の句は客席にあっては配膳《はいぜん》についていると、そこにその空席があってそこの膳には主がない、それが何となく目についているとやがて給仕の女がきてその膳を下げて行った、何だか浅ましいような心持がした、というのであります。瑣細《ささい》な心持ではありますが、改まった客席にこういうことのあるのはいい心持のしないものであります。「暑さかな」とあるのは折節暑い時候であったがために不愉快の心持を暑さに寄せたのであります。

「夏を宗と」の句は、我が庵は夏涼しいようにとそれを唯一の目的にして作ったところが、秋になって野分が吹くと風当たりが強くって閉口だというのであります。

さてかく解釈してきてみまするると、

天明の句にはおのずから元禄に異なった特色がみられるのであります。その一、二をいうと、華美、活動、繊細、巧緻というような点であります。(43)

元禄に対照してみるとこういう点は著しく目立ってみえます。

けれども注意しなければならぬことはそれは元禄に比して相違の点を見出すからのことでありまして、もし宗因以前の句とくらべてみまするると、天明の句は決して元禄の句が宗因時代の句に対してなしとげたような革命を元禄の句に対してやっているのではありません。

一言にしてこれをいうとやはり元禄の芭蕉一派が大きな縄張をした土地の中にあって、元禄時代には十分に耕耘《こううん》の暇がなかった方面に鋤《すき》を下ろして仕事をしているというに過ぎないのであります。(44)

それは芭蕉が連句——俳諧——でやった方面の仕事や、其角が俳句でやったある部分の仕事をしらべてみると思いなかばに過ぎるものがあるのであります。

要するに天明は全く元禄からかけ離れて新しいことをやったのでなく、元禄の足らぬところを補ったに過ぎぬのであります。(45)

蕪村等の天明時代についてまた一茶を中心とする——というよりもほとんど一茶一人が光っている——一時代がありますがそれは大勢の上にあまり大きな影響がないから略します。(46)

一茶は個人としては立派な作者でありますが、一個の彗星《すいせい》として考えるのを至当とします。

暗黒の長い時代がまたそのあとにきます。一茶を除外した文化文政時代は暗黒の時代であります。またそれに続いた天保《てんぽう》、弘化《こうか》の時代も暗黒の時代であります。暗黒のうちにもなお活動しているものはありますが、しかしこの「俳諧略史」の眼にはそれらは少しも映じません。ただ闇は綾《あや》なし、一様の黒いページとして眼に映るのみでありますそうしてようやくにしてまた明るい一帯の浮城をみるようになるのは明治三十年ごろからのことであります。

それは我が子規居士を中心としての一団の人々であります。それは多くは私の友人でありますから子規居士以外の名前はこれを略することにいたします。

山吹に一《いっ》閑《かん》張《ばり》の机かな　子規

子規居士を中心とした明治の俳風を論ずることは他日にゆずってここには略しますが、ここに挙げた居士の句について一言しようと思います。

山吹が庭に咲いている、座敷には一閑張の机がある、というただそれだけのことをそのままいったのに過ぎないのであります。この句は決して居士の句としてはいい句というのではありませんが、居士を中心とした明治の句は、こういう方面に天明時代しかもそれは、居士がかねがね考えていましたある新しい開拓を試みているということを見出せなかったから、ここにこの句を挙げて一言に及ぶ次第であります。

山吹に一閑張の机がどうしたというのであろう？　これは必ず起こる質問に相違ありませぬが、どうしたというのでもありません。実際居士の家の庭に山吹が咲いており、居士のよっかかって仕事をする机は一閑張の机であったのであります。それに過ぎないのであります。しかし居士がその両者を結び合わせて「山吹に一閑張の机かな」といったのはただわけもなく両者を取り合わせたわけではなく、久しい間その二つのものを見ているうちに、山吹と一閑張の机との間に何かある生命のようなものを見出して、これをとり合わして一句とすることが自然の抑え難い命令であるかのように考えたのであります。

居士の主張であった写生、配合、客観描写ということをこの一句は同時にしかも極端に持っています。（47）

この句をつまらぬという人は、居士のこの句をなすに至った心持に同情を持ち得ぬ人のことであります。この句の奥底に潜んでいる居士の感情の波の音を聞き得ぬ人のいうことであります。こういう句は居士の生前には居士以外の人の句にも大分見ることができましたが、居士没後には跡を絶ったように考えます。

居士の主張のうちでも今日に至るまでもっとも強い勢力を持っているものは写生ということであります。(48)

これは明治に至って始まったことではなく元禄にもすでにこれがあり、天明に至ってやや著しくなったのでありますが、それが明治に至ってさらに主要の度を増したのであります。

この写生について私は別に一章を設けてお話ししたいと思っていたのでしたが、この講義も今回をもって終了することになりますと何分余地がありませぬから残念ながら略すことにします。その代り次の講演の「俳句の作りよう」のうちに主題の一つとして申しのべましょう。

俳諧略史もまずこの辺で筆をおこうと思います。

ロシアの文芸はもとよりのこと英仏独伊の文芸が我国に輸入され、我文壇はその影響を常に受けつつあることは顕著な事実でありますが、その中にあって、我国の文芸として——我国土に生じ我国土に育った文芸として存在するものは、少なくともその主要なるものの一つは、正しく我俳諧もしくはそれを基礎とした文芸であることを思うと、芭蕉、蕪村、子規の先輩を有することはこれを誇りとしなければならぬと考えます。そこで次の如く結論いたします。

十二　俳句とは芭蕉によって縄張りせられ、芭蕉、蕪村、子規によって耕耘《こううん》せられたところの我文芸の一領土であります

解　説

深見けん二

(一)

高浜虚子の『俳句とはどんなものか』は、虚子が、雑誌「ホトトギス」誌上に、大正二年五月号から「六ヶ月間俳句講義」として連載したものである。この講義は、大正三年三月『俳句とはどんなものか』と題し実業之日本社から一冊の本として発行され版を重ねた。虚子は次いで、「ホトトギス」誌上に、大正二年十二月号から「俳句の作りやう」を連載し、それは大正三年十一月『俳句の作りやう』と題し別の一冊として実業之日本社から出版された。二つの本はいずれも百版を重ねるという売れ行きであったが、昭和十八年頃からは、第二次大戦下、絶版となった。

虚子は昭和二十七年四月、この二冊を合本とし『俳句の作りやう』と題し、実業之日本社から刊行した。その第一部が「俳句とはどんなものか」であり第二部が「俳句の作りやう』、第三部が「俳諧談」である。この「俳諧談」は、初版の『俳句の作りやう』に付録として収められていたものである。

虚子は、合本として改版する際に、全体に目を通し、一部に手を加えている。

このうち「俳句の作りやう」「俳諧談」は先版、本文庫の『俳句の作りよう』として刊行された。私も早速読んだが、大正二年に書かれたものとは思われぬ新鮮さがある。果して好評で版を重ねている。

本書の『俳句とはどんなものか』は、改版『俳句の作りやう』の第一部「俳句とはどんなものか」を底本とし、新字新仮名に改め、読み易いようにしてある。

『俳句の作りよう』が、主として、俳句の作り方について書いてあるのに対し、本書は俳句というものを少しも知らぬ人のためにも手っとり早く、俳句とはどんなものかが分るところから書き始めている。

その書き方が、虚子自身、俳句を知らなかった時から、少しずつ俳句を読み、さらに正岡子規について俳句を作るようになる、実体験から出発しているので、至って分り易い。しかも読み進むに従って、俳句は十七字の文学であり、必ず季題を詠み込むものであり、また切字が大切だということが分るように書かれている。しかも、何故俳句に季題が必要かということを、省略が見事な俳諧略史で説明している。つまり、虚子はただ自分が、俳句は必ず季題を詠み込むものだというのではなく、俳諧連歌から、俳諧となり、その発句を子規が俳句と呼んだ、その歴史を踏まえていることが理解出来るように書かれている。

緒言に「ずっと程度を低くした小学生に教えるくらいの程度の俳話」と書いてあるが、実は、このことは、俳句の真髄を、小学生にも分るように書くということで、一番難しいことと、私は考えている。その点ですぐれた入門書は、初心者だけでなく、熟練者にとっても参考になるところが多々ある。また、時代を超えて新鮮に感じられるのである。

今回、解説を書くに当り、くり返し本書を読み返して感じたことは、この『俳句とはどんなものか』は、まさにそのような、すぐれた、俳句入門書ということである。

（二）

その意味では、解説などは要らず、本文を読んでいただきたいと思うが、虚子が、この本の初稿である「六ヶ月間俳句講義」を「ホトトギス」に連載し始めた大正二年が、虚子にとってどのような年であったかは、この本を読む方の参考になるかと思い、それをまず書くこととした。

虚子は、明治三十五年に子規が亡くなったのち、次第に小説、写生文などに力を入れ、明治四十一年、河東碧梧桐《かわひがしへきごとう》の新傾向俳句に対して、日盛会という句会を、一ヶ月間毎日催したのち、作句を中断していた。

大正二年は、その虚子が、

春風や闘志いだきて丘に立つ

を作り、俳句に復活した年であることは、広く知られている。

この年の一月、虚子は「ホトトギス」の巻頭に高札をかかげた。

その中に、

一　平明にして余韻ある俳句を鼓吹する事

　　新傾向に反対する事

がある。

明治四十五年からの「ホトトギス」を見ると、その年の七月号から虚子は、明治四十一年十月号に創設し、一度中断していた、一般の人から募集する雑詠《ざつえい》の俳句の選を再開している。この「雑詠」というものは、それまで、課題句といって、一つの題を設けて、その題の俳句を募集するやり方を変え、題を自由にして俳句を募集することにしたものである。

これは、それまでの俳句雑誌ではなかったことで、この雑詠欄から大正以後、多くの作家が育ち、他の俳誌もこの雑詠の形で俳句を募集するようになったものである。再開した雑詠選発表の第一回に当り、虚子は「ホトトギス」明治四十五年七月号の消息に、

「小生の諒解《りようかい》せる俳句なるものは一種の古典文芸なり。古典文芸と申したりとて陳腐なる文芸なりとおとしめるに無之候《これなくそうろう》。古典文芸とは古来より或《ある》制約の下にある特

殊の文芸を申し候。其《その》制約内に立ちて出来るだけ斬新《ざんしん》なる仕事をする事は勝手に候。（略）俳句の制約とは何ぞや、其主なるもの一二をいへば、季題趣味、十七字といふ字数の制限、誇らしき調子是なり。（略）小生は数年前其散文に赴きたるもの丶一人に候。而《しか》も俳句に立戻る場合には此《この》制約を厳守せんとす。」

と記している。雑詠には、碧梧桐らの新傾向にあき足らぬ人が次々と集まり、また新人も加わった。

高札を立てた大正二年一月号の「ホトトギス」に虚子は、「俳句入門」を書いている。その中で大正元年十二月号「ホトトギス」雑詠にのせた、原石鼎《はらせきてい》の俳句、

頂上や殊に野菊の吹かれをり

山川に高浪も見し野分かな

など六句をあげ、平明な句であるが、一年間の山住ということが背景となって得た、作者の淋しい、力のある主観に句の価値があるとし、次のように述べている。

「是等から考へて見ても俳句の上の大問題は、五七五の調子の破壊でもありません。季題趣味の破壊でもありません。先づ作者めいめいの主観の涵養《かんよう》であります。」

石鼎は、新人として雑詠に投句し、たちまち頭角を現した作家であり、こうした雑詠の実績を踏まえ、かねて主張していた「平明にして余韻ある俳句」を自信をもって高札に掲げたものと思われる。

（三）

虚子自身の体調は、大正元年十一月腸を病んで入院、なかなか回復しない中で、大正二年を迎えた。その「ホトトギス」三月号に「暫くぶりの句作」と題し、一月、二月の自らの句とその句作の興味を示した文章を書いている。その中に、

霜降れば霜を楯とす法の城
春風や闘志いだきて丘に立つ

の二句がある。共に新傾向に反対して、俳句復活の決意を表したものとして有名である。

前句は一月十九日、虚子庵《あん》で病臥《びょうが》のままの句会での作。虚子は次のように書いている。

「余は此一句を得て初めて今日の運座も為甲斐《なすかい》があつたやうに感じたのであつた。（略）寺！　それは全体どういふものであらう。俗世の衆生を済度する為に法輪を転ずる所、祖師の法灯を護する所。（略）かゝる法城によつて浮世に対してゐる僧徒の事を思ふと、其が此頃の余の心持にぴつたりと合つて一種の感激を覚えるのである。（略）彼等は何によつて其城を守るのであらう。曰く、風が吹けば風を楯とし、雨が降れば雨を楯とし、落葉がすれば落葉を楯とし、霜が降れば霜を楯として。」

この日の句会の虚子の句に、

死神を蹶《け》る力なき蒲団かな

その日〳〵死ぬる此身と蒲団かな

の二句もあるが、これは単なる空想でなく、明治四十二年腸チフスで入院、死ぬ思いをしたことと、前年冬から腸を病み、病床で句会を開いた実感とがこもっているのである。

しかし二月十一日には、東京芝浦で催された三田俳句会に列席「春風や闘志いだきて丘に立つ」の句を作っている。この句について虚子は次のように書いている。

「之も彼の『法の城』の句と共に余の心の消息である。余は闘はうと思つてをる。闘志を抱いて春風の丘に立つ、句意は多言を要さぬことである。」

虚子はさらに「六ケ月間俳句講義」を書き始めた大正二年五月号の「ホトトギス」に「其後の句作」を書いている。その中に『俳句の作りよう』（本文庫で二〇〇九年七月刊行した）の中で、「じっと眺め入ること」の例句として詳述する、

一つ根に離れ浮く葉や春の水

について記述している。また「ホトトギス」大正二年三月号の雑詠には、

雪晴れて蒼天落つるしづくかな　前田普羅
雪垂れて落ちず学校始まれり　同

のような秀句が入選し、前田普羅が、原石鼎と並び、新人として登場する。

こうしたことを考え合わせると、虚子が、「俳句とはどんなものか」を書いた時には、当時勢いの盛んな新傾向俳句に対し、自らの信ずる俳句を推し進める上で、自作からも、また雑詠の選からも、強い自信を持っていたことが分る。しかも、小説、写生文という散文の世界を十分体験した上であるので、俳句を俳句の中だけでなく、広い文芸の中で見ることが出来たことを特記して置くべきことのように思う。そのことにつき清崎敏郎《きよさきとしお》は、その著『高浜虚子』（昭和四十年桜楓社刊）に、

「近代文学が、各方面で、一度は対決している自然主義を、碧梧桐は俳句の上で、虚子は散文（小説）の上で克服しようとした。」

という意味のことを書いている。

（四）

本書の内容については、目次がよく出来ていることが注目される。これを読むと内容まで分るように書かれている。

しかし、私が読んで気づいたことについて、各章ごとに述べてみることとした。

第一章は、俳句を作ったことのない全くの初心者にとっても、分かり易く書いてある。従って「俳句は芭蕉によって造り上げられた文学であります」ということも芭蕉が俳句界のお祖師様とまず断定したところを承知しておけばよいということになる。しかし何故虚子がそう断定したかは、第四章の俳諧略史を読むと納得する。その俳諧略史については、後にもう一度ふれることにするが、虚子は終生芭蕉を尊重した。『俳句とはどんなものか』『俳句の作りやう』について大正七年刊行され、かつては角川文庫から、今は岩波文庫として広く読まれている『俳句はかく解しかく味う』は、「『芭蕉の文学』である俳句の解釈はこれを以て終りとする。」と書くことで終っている。

また虚子は昭和三年、俳句は季題の詩つまり花鳥諷詠《ふうえい》の詩であると提唱した。この「俳句は花鳥諷詠」という俳句観は、虚子の終生を貫いた俳句観であるが、その「花鳥」は、芭蕉が『笈《おい》の小文《こぶみ》』や『幻住庵《げんじゅうあん》の記《き》』に用いた「花鳥」を引用したものなのである。

虚子は『俳句の作りよう』の「俳諧談」の中で、「元禄の芭蕉という人は人生を超越した人ではあったけれども、しかしながらこの人は十分世の中の経験を経てきた人である。またどこまでも人生を愚にしなかった人である。」と述べているように、人生の経験、体験を重ねた上で、はじめて平明な俳句に余韻が生れることを常に説き、芭蕉を尊重したのである。

（五）

第二章の季題の章では、まず季題というものがどういうものであるかということを説明したのちに、俳句を具体的に鑑賞しながら、季題が一句に大きな働きを持っていることを述べているので、俳句における季題の重要性がよく分る。

それとともに注目されるのは、ここで写生の重要性にふれていることである。虚子は、

鷲《わし》の巣の樟《くす》の枯枝に日は入りぬ　凡兆

の句について、この枯枝は、凡兆が実際に枯枝を見た写生であることを力説している。ちなみにこの句の季題は、「鷲の巣」（春）である。

さらに写生について、

「自然の偉大で創造的で変化に富んでいることに驚嘆するのであります。」「写生ということはこの自然を偉大とし創造的とし、変化に富んだものとする信仰の上に立つのであります。」「この自然の観察研究からくる句作法を私共は写生と呼んでいるのであります。」

と書いていることは、季題尊重と写生とが切り離せないことを述べていると理解すべきことと思う。

第三章の切字の章では、「や」「かな」については、丁寧に述べて、俳句におけるその大きな働きを詳述している。しかし、その他については、調子並びに、意味に段落をつけるものとして、いろいろのケースがあることを述べている。これは、切字を軽視しているのではなく、表現によって、いろいろな言葉が切字として働くという考えによるもので、それをいくつも具体例で述べているので参考になる。

また、この章には、季題の章で、書き残していた、ある季題を、古来、俳句では春夏秋冬のどの季に分類して来たかを、いくつかの例をあげて、丁寧に書いている。

一番夜の長いのは冬であるのに、「夜長」が秋の季題であること。「藤の花」が春で

「牡丹」が夏の季題であること。また「紅葉」が秋で、「時雨」が冬の季題であることなどである。

これらは、俳句は事実に重きを置くより、心持、感じということに重きを置き、その趣味を詠うものであるということである。つまり科学と違い、事実にのみ支配されず、人間の感情を尊重するところに詩としての価値があるということなのである。

時代とともに、人の手の加わった季題の季の分類は、現実と違って来たり、季節感が無くなって来たりしているが、「夜長」「藤の花」「牡丹」「紅葉」というものが詠みつがれて来た歴史が無視されれば、俳句の季題というものの価値・力というものは無くなるのである。虚子は、「天然の現象について実際の研究を積んでいくということはだんだん季題の感じを精密にしていっていよいよ分科を多くしていくであろうと思います。」と述べたあとで「季題趣味を軽視するということはこの点からいっても俳句を賊するものであることを忘れることはできません。」と書いている。

このことは、虚子が現代に生きていたなら、きっと云い続けたに違いないと思う。

（六八）

虚子の俳句入門書として最も整ったものは、昭和十年に刊行された『俳句読本』(日本評論社刊)である。三百三十頁の約六割が「俳句史」で占められており、その中には一茶も丁寧に紹介されている。虚子は、自らの考える俳句観によって、それまでに四百年にわたる俳句を解釈し、俳句は、季題と常に関わりつつ、季題を尊重し、季題を有効に用いたときに、俳句が他の文学と違う、俳句独得の力を持ち栄えたと断定したのである。それが「花鳥諷詠」である。

本書に於ける俳諧略史は初歩の人にも分り易いように、俳諧の創設、芭蕉時代、蕪村時代、正岡子規についてのみ書かれている。しかし、現在俳句を作っている人でも、ただ俳句は十七字で、季題を入れるものとのみ認識して、それまでの俳句の歴史をまとまって読む機会のない人が多いように思う。その意味でも本書の第四章、俳諧略史は貴重なものと思う。なお、大正版では引用句の作者達をそれぞれ司令長官や参謀等と称して、当時の一般の人に分り易く書いていた。それを昭和版では改稿しているが、その点についてはここでは詳述しない。

さらに、天明の蕪村時代の句は、元禄の芭蕉時代の句と異なった特色があるが、芭蕉の連句、つまり俳諧をしらべて見ると、元禄の足らぬところを補ったに過ぎぬとしているところに、虚子が芭蕉を尊重する理由が、よく現われている。

また、子規時代の句については、子規の、

山 吹 に 一 閑 張 の 机 か な

の一句だけをあげ、天明時代にもない新しい開拓としているところも、甚だ印象的である。実際子規の家の庭に山吹が咲いており、よりかかって仕事をしていた机が一閑《いっかん》張《ばり》（漆器の一種）の机であった。それに過ぎないが、久しい間その二つのものを見ていると、この二つの間に何か生命のようなものを見出して、一句になったとし、「居士の主張であった写生、配合、客観描写ということをこの一句は同時にしかも極端にもっています。」と書いている。さらに、この句の奥に潜んでいる子規の感情の波を聞きとらねばならぬと述べていることに虚子の俳句観がよく出ている。句の表面に表現された事実から、その句の奥にある感情を汲《く》みとるということは、虚子の終生考えていた、平明にして余韻ある句への指向と結びついている。また晩年にも説く、心と季題とが一つになり、それを客観描写することが「客観写生」の到りつくところだとする写生観ともつながり、甚だ興味深い。

（ふかみ・けんじ／俳人）

本書は、実業之日本社から『俳句とはどんなものか』（大正三年三月十五日）として刊行され、昭和二十七年四月十日に姉妹篇『俳句の作りやう』と合本で改版初版として同社から『俳句の作りやう』第一部として発行された。角川ソフィア文庫として刊行するにあたり改版初版を底本にし、新字新仮名遣いに改め、適宜ルビを付し、新たに深見けん二氏の「解説」を付した。

なお、執筆当時の社会情況を鑑み、今日では差別的表現とされる字句もそのままとした。（編集部）

俳《はい》句《く》とはどんなものか

高浜虚子《たかはまきよし》

平成21年 11月25日　初版発行
令和6年 1月15日　20版発行

発行者●山下直久

発行●株式会社KADOKAWA
〒102-8177　東京都千代田区富士見2-13-3
電話　0570-002-301（ナビダイヤル）

角川文庫 16006

印刷所●株式会社KADOKAWA
製本所●株式会社KADOKAWA

表紙画●和田三造

ISBN978-4-04-409412-6　C0195